メンNo.1俳優の溺愛ねこ

今城けい

幻冬舎ルチル文庫

CONTENTS ✦目次✦

イケメンNo.1俳優の溺愛ねこ

✦カバーデザイン＝小菅ひとみ（CoCo.Design）
✦ブックデザイン＝まるか工房

イラスト・カワイチハル✦

イケメンNo．1俳優の溺愛ねこ

「じゃあ畑野《はたの》さん。僕はこれで失礼するね」

店を出てすぐ夜の路上でそう言うと、相手は困った顔をした。

「ですが、あなたをこんなところでひとりには。やっぱり私が送っていきます」

「いや、いいよ。今夜はひとりで歩きたい気分なんだ」

ひらひらと松阪《まつさか》が振ってみせるその指は、白く繊細な形をしている。やや長めの明るい髪は三十四歳になったいまでもおとろえない美貌《びぼう》を飾る。最新流行のジャケットスーツは細身のシルエットを際立たせ、まるでここだけスポットライトを浴びているかのようだった。

「そうは言っても、すぐにファンに見つかりますよ」

「ファンなんかいやしないって。昔とは違うんだ」

自嘲《じちょう》をこめたつもりではなかったが、マネジャーの畑野はいきなり真顔になった。

「そんなことはありません。あなたは充分人気者です。現にあちこちの番組で引っ張り凧《だこ》じゃないですか」

「そう?」

「そうですとも。今夜の食事会だって、先方さんがぜひにもと。そのためにここの店を貸し切りまでして」

ここの店と畑野が言うのは、高級住宅地の一角にあるレストランで、今夜出されたフレンチ料理はなかなかいい味だった。隠れ家風の外観は一見シンプルに見えたけれど、内装は本物のアンティークを使っていて、一般客にはそうおいそれと入れない格の高さを感じさせる造りである。そんな場所を一軒丸ごと借りきったのは、確かに先方の熱意の表われであるのだろう。

「だから、返礼はしただろう？　握手もしたし、サインもした。僕にはなんの興味もない彼の経営理念とやらも拝聴させてもらったし……。途中で退席しなかったのを褒めてくれてもいいくらいだよ」

「わかってます。あなたがあくびを嚙《か》み殺していたってことは」

畑野は松阪が芸能界に入ったときからのマネジャーで、かれこれ十数年は一緒に仕事を続けている。当然、松阪の気持ちを読み取るのにも長《た》けていて、ちくりと指摘はしたものの「えらかったです。頑張りました」と褒めてくれた。

「だったら、ここからは自由に行動していいね？」

「それは……」

畑野はまだ迷うふうだ。

「じゃあいいよ。タクシーに乗って帰る。それなら文句はないだろう？」

「そうですね。そろそろひとが立ちどまりはじめてますし。そうしてくれれば助かります」

自分のマネジャーを困らせるのが目的ではなかったので、やむなく松阪は譲歩する。すると畑野はほっとした顔のあと、流しのタクシーを呼びとめた。

「タクシーチケットは渡し済みです。行き先も告げてますから、もしもあなたが寝てしまってもちゃんと起こしてもらえます。あと、明日のスケジュールなんですが、あなたのスマホに再度確認の連絡を入れときますので。かならず寝る前に目を通してくださいね」

車道際に自分を呼び寄せたマネジャーの説明に「わかったよ」とうなずいて、タクシーの後部座席に身を入れる。

「お疲れさま。また明日」

ドアが閉まり、車が動きはじめてまもなく、松阪は上着のポケットに隠しておいたミニボトルを取り出した。中身はウイスキーで、これをすぐに飲みたいために歩いて帰ると言ったのだ。

「あれっぽっちのワインなんかじゃ足りないよ」

ちいさくつぶやいたつもりだが、さほど小声ではなかったのはラッパ飲みしたウイスキーのせいだろうか。

スポンサーからの接待という名目ながら、つまりはこちらが機嫌を取らされる飲みの席だ。畑野が指摘したとおり、あくびが出そうになるくらい退屈な時間を過ごし、ようやく解放されたわけで、ストレス発散するためにも飲まずにはいられない。

「あの、お客さん。もしかして芸能人やってます？」

後部座席でボトルを傾け、それがほとんど空になろうとしたときだった。

「ひょっとして、松阪絢希《あやき》？」

飲みの途中で、少しばかり厄介だなと思いつつ松阪は曖昧《あいまい》に返事した。

「やっぱりね！　そうじゃないかと思ったんです。今夜はあれですか？　プライベートで食事でも？　あのあたりは最近芸能人がよく使う店があるって仲間内でも言ってるんで。松阪さんが行ったのは『花邑《はなむら》』ですか？　え、違う？　そりゃ失礼。だけど、あの店は人気があるらしいですよ。半年前に板さんを変えてから、味がぐっと良くなったって。もしも機会があるんなら、あの店に行ってみたらいいですよ。わたしなんかにゃ手が届かない高級店でも、松阪さんならぴったりですし」

「はあ」

芸能人と話すチャンスがあったとき、こんなふうな反応を示す人間はめずらしくない。親切にしようという気持ちは伝わってくるのだが、興奮状態にもあるわけで、やたらと早口でしゃべりまくる傾向はこのときもおなじだった。

「いや、ほんと松阪さんてテレビで観るのと変わらない、って言うか、それ以上に綺麗《きれい》ですね。って、男に綺麗はおかしいですか？　だけど、ほんとにそうなんだし、言われ慣れていますよね?」

「はは」

ポケット酒でストレス解消してやろうと思ったのに、今夜はどうやらそれすら叶《かな》わないようである。せめて残りのひと口を飲んでしまおうと考えたとき、相手がまた元気よく話しはじめた。

「わたし、しゃべり過ぎですか? もしそうだったら、すみませんね。じつは昔っから、松阪さんのファンなんですよ。あなたの出られたテレビドラマを女房といくつも観てて、世間にゃあ美《い》い男がいるなあって。あ、その流れでね、女房と映画にも行ったんですよ。ほらあの映画、『大地の虹』。わたしは敵方の大将役を演《や》っていた松阪さんをおぼえてますよ」

「………てくれ」

「いやあ、あのときは熱演で……」

「降ろしてくれ」

相手の話をさえぎって声を放った。

「車を止めて。ここで降りる」

「えっ、ここで? だけどまだ目的地には遠いですよ」

「いいから早く」

強くうながすと、運転手は歩道につけて車を止めた。

「あのう、なにかお気に障ることでもあって……」

「ああ違うよ、そうじゃない。ちょっと用事を思い出してしまったのでね」

おろおろしている相手にとりあえずそう言ったのは、残った理性とプライドのなせる業《わざ》だ。

車を離れ、松阪はここがどこかもわからないまま残った酒をいっきに飲み干す。それからボトルを軽く振り、

「なんだ、もうおしまいか」

ぐるっと周囲を見回せば、ぎらつくネオンが疲れた両目と神経に突き刺さる。眉を寄せ、ポケットのサングラスを思い出して取り出すと、黒いフィルターで視界を覆った。

この程度ではとうてい足りない。さっきみたいに誰かに邪魔をされないで、浴びるほど酒が飲みたい。

その想いに背を押され、松阪は夜の街路にふらつく足を踏み出した。


身体《からだ》はぽかぽかと温かく、足は雲でも踏んでいるようだった。気分はいい。機嫌もいい。たとえそれが酒の力を借りたものであったとしても。

軽妙なトークと、お洒落《しゃれ》なたたずまいとが持ち味の松阪絢希。バラエティ番組のコメンテ

ーターばかりでなく、歌や、ダンスや、芝居などの審査員もしてみせる元俳優のタレントが、街中で酔っぱらい、醜態をさらしている。

いよいよ落ちぶれてきたなという感じもするが、アルコールに濁った理性はそれもいっそ面白いように思わせていた。

「ふふ」

笑ったはずみに足がもつれ、路地裏からさらに暗い細道に入ってしまう。それでも気にせずどんどん先へ歩いていると。

「うわ」

なにかに靴先が引っかかり、上体がぐらりと傾《かし》ぐ。前に来た壁に手をついてこらえたが、もうこれ以上歩く気がしなくなった。

「足がだるいし、ちょっとここで休んでいこうか？」

誰にでもない問いかけをして、壁に背をつけ、ずるずるとしゃがみこむ。尻《しり》をつくのとほとんど同時にコツンと硬い音がして、そちらに視線を向けてみた。

「最近はこんなのも売ってるんだね。しばらく行かないうちにコンビニもずいぶん変わった」

松阪の右手にはさきほど買ってきたウイスキーのボトルがある。酒屋が見つからず、近くにあったコンビニでたずねたら、ここにあると言われたのだ。

「畑野さんに知られたら、きっと叱《しか》られちゃうんだろうな。なんて真似をするんだって」

こんな場所で安酒を隠れ飲むとは、松阪絢希にあるまじき振る舞いです——そんなふうにあのマネジャーは怒るだろうか？

「だけど今夜は……そういうのをなしにしたい……無茶をしてみたかったんだ」

もしかすると自分で自分を駄目にしたがっているのかもしれないな。松阪はふっと自嘲の笑みを浮かべた。

どんなに外面《そとづら》を取り繕っても、自分のなかには空っぽの穴がある。なくしてしまって、もう取り戻せないものがあるのだ。

「僕は……ほんと、馬鹿だよね……」

つぶやいて、ボトルに直接口をつけ中身を喉奥《のどおく》に流しこむと、むせて何度か咳《せき》が出る。

「……あの。大丈夫ですか？」

誰かが隣にいたらしい。酔眼《すいがん》を凝《こ》らしてみたが、暗くてよくわからない。ならばとサングラスを外し取ったが、相手は二重三重に姿がぼやけてしまっていた。

「うん、大丈夫。今夜はねえ、僕は楽しく過ごしたいんだ」

そう、空《から》元気でも楽しくやりたい。さほど回らない頭で松阪は考える。そのために酒を飲んでいたのじゃないか。

「きみにだって、そういうときがあるだろう？」

隣の黒っぽい塊はなにも返事をしなかった。それが微妙に気に障り、たぶん相手の顔だろう場所に向けて問いかける。

「聞いてるかい？」

「あ、はい」

戸惑った調子だったが、返事が戻ってきたことにとりあえず満足する。

「僕はねえ、今日一日頑張って仕事したんだ。まあ、ってったって、バラエティ番組のゲストに呼ばれてどうでもいいようなトークをしただけなんだけどね。でもそれだって、誰かがやらなくちゃならないだろう？」

同意を求めて、相手のどこかを引っ張ったら「はい」と素直な声が応じた。

「そのあとは番組のスポンサーと食事だよ。畑野さんは僕がワインの飲み過ぎって目線で注意してたけど、飲まずにはやってられないことだってあるものね？」

「はい」

「極めつけは、そのあと乗ったタクシーだよ。よりにもよってあんな話を蒸し返すことないじゃないか。きみだってそう思うだろ？」

「はい」

素直すぎる返答が今度は気に入らなくなってきて、松阪は咎《とが》めるまなざしをそちらに向けた。

「はいはいって言うけどね、きみは本当に僕の気持ちをわかってくれてる？」

するど、相手は身じろぎし、

「本当かと聞かれたら、じつのところそんなには。だけどあなたが少しばかり疲れてて、楽しい気分になりたいのはわかります」

この応答は気に入ったので、頭が落ちそうないきおいでうなずいた。

「そうだよ、うん、そのとおり。きみもわかっているじゃないか」

もっと楽しくなりたいからなにか面白い話をしてよ、といきおいで相手にねだる。

「俺が話を？」

「うん。なにかない？」

「えっと、すみません。俺にはあまり面白い話題がなくて」

「ないんだ、残念。なにか聞きたかったのに」

不平がましくつぶやくと、ふたたび相手が詫《わ》びを言う。松阪は「まあいいよ、ないならないで」と流したあとで、ふっとそれに気がついた。

「だけど……そう、きみの声はすごくいいよね。張りがあって、奥行きもある。演技するのに向いてるよ。誰かにそんなこと言われたことない？」

「いいえ、ぜんぜん。そんなおぼえはないみたいです」

「そうなんだ。惜しいよね、きみの声は素敵なのに」

「…………」

「ん、どうしたの？　なにか気に障ることを言った？」

沈黙が気になって問いかける。すると相手は困ったふうな口調になって、

「いえ、なにも。ただ俺はそんなふうに言われたのは初めてで」

「ふうん、そうなの？」

「はい。それより大丈夫なんですか？」

「大丈夫って？」

「さっきよりも顔色が白っぽくなってます。酒で血管がひらき過ぎてきたのかもしれません。寒かったり、気持ち悪かったりしてませんか？」

「ん……ちょっと、寒い」

さほど冷えこむ季節でなくても、深夜になれば気温が下がる。そのせいか、彼の言うとおり酔い醒《ざ》めしてきたためか、冷気が身体に沁《し》みこんでくるのを感じる。

「家に帰る……」

ぶるっと震えてつぶやけば「それがいいです」と相手が勧める。

「左のほうにまっすぐ行けば、大通りに出ますので。そこからならタクシーが拾えます」

「じゃあきみも来て」

「え？」

「ここがどこだかわからないし、たぶんひとりじゃ歩けない」

「俺に家まで送れってことですか？　だけど電話で誰か迎えを呼んだほうが」

「畑野さんが来てくれるまで待てないよ」

それに、こんなありさまを見られたら大目玉を食らうだろうし。

松阪が相手のどこかをまたも引っ張り「頼むよ」と洩《も》らしたら、ややあってから期待どおりの答が返った。

「わかりました。あなたの家がどこなのか教えてください」


朝になって、目を開けたのは自分のベッド。なにげなく起きようとして、松阪は顔をしかめた。

「いたた……」

こめかみがガンガン音を立てている。頭を押さえて自分の姿を見下ろせば、いつもとおなじ清潔な白いパジャマ。

「僕は、あのあとどうしたっけ？」

畑野と別れてタクシーに乗ったことはおぼえている。途中で車を降りたのも。

しかし、そのあとの記憶がない。困惑したまま寝室を出てリビングに行ってみれば、キッチンの方向からちいさな物音。

「ああ、おはようございます」

シンクの前で振り向いたのは背の高い若い男だ。

「きみは……？」

もっと近づいて確かめようと歩き出せば、くらりと視界が一回転する。

「うわ」

思わずよろめいてたたらを踏むと、彼がすばやく駆け寄って倒れる寸前の松阪を抱きとめた。

「まだ顔色が悪いですよ。あちらに座っていたほうが」

彼の介添えでリビングのソファに向かう。自分を支える強い腕を感じながら、この青年は誰だろうと松阪は考えた。

これまでに仕事先で見かけたおぼえはまったくない。ひょっとして畑野が寄越した事務所のスタッフなのだろうか？

たぶんそうかもしれないが、それにしては少々ラフすぎる格好だ。

彼の着ている黒っぽいトレーナーは襟《えり》のところがよれているし、穿《は》いているジーンズも膝のところにほころびがある。そのうえ前髪はずいぶん長く、額《ひたい》と目の上を焦げ茶のそれが覆っていた。お洒落とは無縁な感じの長髪は首の後ろで結わえられ、顎《あご》のあたりにはまばらな髭《ひげ》。けれどもすっきりした鼻筋と、引き締まったフェイスラインのお陰なのか、さほど見苦しい印象は受けなかった。

正体不明の若い男は松阪を座らせると、腰を屈《かが》めて自己紹介する。

「あのですね、俺は辻風由来《つじふゆき》といいます。おぼえてないかもしれませんが、あなたをここまで送ってきました。部屋の前で帰るつもりだったんですが……朝までここにいさせてもらって」

なるほどといちおう納得はしたものの、肝心のこの青年が誰なのかわからない。

「そうなんだ、ありがとう。でもごめん、おぼえてないんだ。きみとはどこで会ったっけ？」

正直に白状したら彼は住所を教えてくれたが、そこは松阪の知らないところだ。

「なぜ僕はそんなところに……って、そうだよ、確か……タクシーを降りたんだ。それで、どこかで……いい声を耳にして」

松阪は青年にあらためて目をやった。

「あのね、きみ。もっとなにかしゃべってくれる？」

「え。しゃべるって、なにをでしょうか」

彼は困ったふうに洩らし、この段で松阪はピンと来た。

「あ、この声の感じだよ。僕、知ってる。聞いたことある」

それをきっかけに、霧の彼方《かなた》に消えていたゆうべの会話がよみがえる。

――ここはどこ？――あなたの家です――じゃあもう一回飲み直そう――これ以上は無理ですよ――無理なもん……うぷ。

そこで松阪は思いきり吐いたのだ。

「……思い出したよ」

むしろ消えてくれたらと願うほどの出来事を。

「ごめんね、ほんとに。いろいろ面倒をかけさせちゃって。それに、僕はきみの服も汚したんだ」

彼の服の袖口《そでぐち》と胸のあたりは湿っていた。もしかしたら濡《ぬ》れタオルかなにかで汚れたものを拭きとった跡ではないか？

あまりの申しわけなさにしょんぼりしてあやまると、彼は慌てて手を振った。

「や。いいんです。酔ったひとの面倒は見慣れてますから。あそこでたまたま居合わせたのもなにかの縁だし」

それよりもと風由来は言った。

「喉は渇いていませんか？」

「……あ、うん。そう言えば渇いてる」

「だったらちょっと待っててください」

風由来は言うと大股でキッチンに行き、まもなくグラスを手に戻ってきた。

「よかったらこれをどうぞ。乳清にレモンとはちみつを入れたものです」

すみません、勝手に冷蔵庫を開けさせてもらいましたと、恐縮した態《てい》で風由来はあやまる。

「起きたら、水分を摂ったほうがいいかもと思ったので」

「かまわないよ、ありがとう。だけどこの家に乳清なんかあったっけ？」

「ヨーグルトのパックが入っていましたから。残ったほうはクリームチーズの代わりとして使えます」

ふうんと洩らして、松阪はもらったグラスを傾ける。飲んでみれば、さっぱりして美味《おい》しく、口の中がリフレッシュされた感じだ。

「きみ、コックなの？」

「いえ」

「だったら、なにをしてるひと？」

聞いてよければと松阪はつけくわえ、そのあと妙な気分になった。

自分はそれほど社交的な性格ではなく、わずらわしいのも好まない。いくらやけ気味に酔っ払っていたとはいえ、他人を自宅にお持ち帰りするなんて意外も意外だ。しかもそればかりではなく彼の身の上まで知りたがるとは。

「俺は、その、新宿のキャバレーで下働きをしていました」

「していました？」

語尾を復唱して問うと、彼はわずかに首を動かし、前髪に覆われた視線を逸《そ》らした。

「……そこの店長とトラブルがあったので。ゆうべクビになったんです」

「トラブルって？」

自分がこうして相手の事情に踏みこむのもめったにない。いよいよめずらしいことだなと思いはするが、なぜかむやみに気にかかるのだ。

どうしてだろうと松阪が慣れない情動に戸惑っているうちに、彼は彼なりに詮索《せんさく》された理由を推し量っていたらしい。

「あの。朝まで俺がここに居座っていたことが気になるかもしれませんが、必要以上にあちこちいじっていませんから。玄関の内側周りを片づけたのと、あなたをベッドに寝かせたのとで、部屋のものを少しさわらせてもらいましたが。あとは冷蔵庫を開けさせてもらったのと、シンクに置いていた食器類を食洗機に入れたくらいで……」

「ちょ、ちょっと待って」

そんなことを言わせたかったわけではない。松阪はぎょっとして、表情が捉《とら》えられない彼の顔を振り仰いだ。

「僕の聞きかたが悪かった。僕はただ、きみは不思議なひとだなって」

「不思議ですか？」

「そうだよ。きみは僕が芸能人だからって、特別な反応もしなかったし。ただ丁寧で、親切にしてくれて」

そこまで言って、もしかしたらと思いが至る。

「……きみは僕が誰なのか知らなかった？」

沈黙は、すなわち肯定ということだ。松阪はじわじわと頬《ほお》に血の気《け》をのぼらせた。まったく本当に自意識過剰もいいところだ。世間の人間がすべて自分を知っていると思うなんて。

松阪が頬を熱くしてうつむくと、頭の上から恐縮しきった声が降る。

「失礼ですみません。俺はあなたが誰なのか知っているべきなんでしょう？　俺は、ちょっと……世間がすごく狭かったから。テレビも観ないし、新聞も」

見あげれば、そういうことには疎《うと》いのでと、彼は大柄な身体をちいさくすくめている。大真面目《おおまじめ》にすまながる青年を目にすると、さきほど感じた恥ずかしさが薄れていき、代わりに微笑《ほほえ》ましいような気分が胸に湧いてきた。

「じゃあきみはキャバレーの下働きをクビになるまで、芸能人は見たことがない？」

「あ、はい」

いたずらっぽい声の調子で怒っていないとわかったのか、彼はほっとしたふうにうなずいた。

「だったら、きみは僕のことを面倒くさい酔っ払いと思いながらも介抱してくれたんだ」

「面倒くさいとは一度も思わなかったです。あなたはなにかに疲れてて、俺が少しでも助けになればと」

「疲れたひとを見かけたら助けになろうと思うんだ？　きみって親切なんだねえ」

感心して洩らしたが、風由来は横に首を振った。

「俺はそんな親切な男じゃないです。でも俺は、あなたのようなひとを見たのは初めてなので」

思いがけない彼の台詞《せりふ》に目を丸くする。

「僕みたいって？」

「ゆうべあなたが俺の隣に座ったとき……」

彼は言葉に迷うように、ゆっくりとしゃべっていく。

「すごく育ちのいいひとだなと思ったんです。これまで俺が見たこともない人種だって」

「育ちがいいって、酒瓶《さかびん》片手に酔っ払ってる僕のことを？」

とてもそうは思えなかったが、彼はきっぱり言いきった。

「はい、そうです。酔っ払いなら、俺はいままで飽きるほど見てきたので。あなたはああいうのとはまったく違って……なんて言うのか、ものすごく高価で毛並みのいい猫が迷いこんできたみたいな……」

え、と松阪は小首を傾げる。

「僕が、猫？」

「あ、すみません。おかしな言いかたをしてしまって。だけど、酔っててもあなたはしなやかな身ごなしをしてましたし、座りこんで俺の顔を見つめたときのまなざしが……」

彼はそこで言葉を切った。

「……きみって変な男だね」

松阪はしみじみとつぶやいた。

「キャバレーの店長とトラブってクビになり、酔っ払いの面倒は見慣れていて、テレビは観ずに、芸能人の顔は知らない。そして僕の名前は聞かず、猫みたいと言ってくるんだ」

「ああ、すみません。重ね重ね失礼を……」

彼はあせった様子になったが、少しも松阪は気を悪くしていなかった。どころか、この青年と話をするのはかなり楽しい。

「あのね、きみ。僕はシャワーを浴びてくるよ。そろそろ支度《したく》をしておかないと、畑野さんが迎えにきたとき困るから」

とはいえ、いつまでもこうして座ってはいられない。松阪がゆるやかに腰をあげたら、彼は「はい」と身を引いた。

「長々とお邪魔しました。俺はこれで帰りますから」

松阪は行きかけた足をとどめ、彼のほうに肩を回した。

「どうして帰るの？　これからなにか用事がある？」

「いえべつに。それはなにも」

「じゃあさっきのをもう一杯作っておいてよ」

すると、彼は困ったふうに頭を掻《か》いた。

「あれはもうないんです」

「そうなの？」

「でも……はちみつレモンか、えっと、味噌汁《みそしる》なら作れますが」

松阪はふむとうなずく。ふたたび浴室に向かいながら、

「だったら、どっちも。それできみも一緒に飲もうよ」


「松阪さん、おかえりなさい」

自分の部屋のドアを開けると、廊下の先に風由来が顔を出していた。彼は、松阪がこうして玄関に入るやいなや、まるで待ちかまえていたように出迎えてくれるのだ。

「いい匂い。今日はなに？」

「メインはさわらの幽庵《ゆうあん》焼きです。サラダはかぶのマスタード和え。それに、ズワイガニの押し寿司と」

「それはいいね。食べるのが楽しみだ」

靴を脱ぎ、リビングに入っていくと、彼はごく自然な仕草で松阪のジャケットを脱がせてくれる。

「でもその前に一杯飲ませて」

「なにを作ればいいですか？」

「んんっと。そうだね。マンハッタンで」

視線を斜めにあげて言えば、彼は「すぐに」と踵《きびす》を返す。

トレーナーにジーンズの後ろ姿がキッチンに向かうのを眺めながら、松阪はソファの上に腰を落とした。今日の帰宅は常より早く午後九時台。寝るまでに少しのんびりできるかと思いつつ、脱いだ靴下をラグの上にぽいと捨てた。独り暮らしをはじめてから年々片づけが苦手になるので、いまはもう洗濯かごに入れに行くそのひと手間がかけられないのだ。

「お待たせしました」

まもなくリビングに戻った風由来は手にしたトレイをテーブルに置く。まずはそこからカクテルのグラスを手渡し、松阪がひとくち飲んだそのあとで、いい匂いのする蒸しタオルを取りあげた。

「どうぞ」

「いい香りだね。これは……サンダルウッドかな？」

いったんグラスを置いて、温かなフェイスタオルで顔を拭く。ややあって礼を言いつつそれを返すと、彼が目の前で膝をついた。

「腕、いいですか？」

風由来は松阪のシャツの袖口のボタンを外し、肘《ひじ》まで肌を露《あら》わにすると、アロマの香りの蒸しタオルで腕をくるんだ。

「ああ……すごくいい気持ち」

爽やかな芳香とぬくもりが今日一日の疲れを癒す。なごんでいる間に腕が済むと今度は足で、つま先から足首までを包みこまれて温められると思わずため息がこぼれ出た。

「なにか音楽でもかけましょうか？」

温め終わった足からタオルを外しながら風由来が聞いた。

「ん、いまはいい。それよりきみと少し話をしたいんだけどかまわない？」

「はい。じゃあこれを片づけて、すぐに戻ってきますから」

風由来がここに来るようになってから四日ほど経《た》っていた。最初の日に味噌汁を一緒に飲んで、出かける支度を手伝ってもらったあと、帰ってくるまで待っていてと頼んだのだ。

なにかお礼をするつもりでいたのだが、仕事を終えてこのマンションに戻ってみれば、風由来は台所を完璧に整えてくれていた。

——わあ、すごい。綺麗になったね。

——勝手なことをして気を悪くされてませんか？

——ううん、そんな。むしろありがたいと思っているよ。

結局その晩は冷蔵庫のありあわせで風由来が夜食を作ってくれ、松阪はそれらを美味しく食べたうえに、風呂の用意までしてもらった。

仕事帰りで疲れていたこともあり、諾々《だくだく》と風由来の世話に甘んじて、翌日もぜひここに来てくれと頼んだときにはすっかり彼の奉仕に味をしめていた。

「あのね、風由来くん」

つまみ用にとオリーブの入った皿が目の前のテーブルに置かれてから、松阪は切り出した。

「きみはどこに住んでるの？」

「大久保《おおくぼ》ですが」

「あそこからここまで通うのは負担じゃない？」

「いえ、まったく」

「じゃあ、これからも僕の世話を頼んでいい？　できれば今度は仕事として」

言うと、驚いたのだろう風由来の口がぽかんとひらいた。

「ですが、俺は……」

「僕の世話をするのは嫌？」

「嫌だなんて、そんなことはありません」

「だったら、いい？」

期待をこめてたずねたが、風由来は無言でうつむいた。

嫌ではないが、承知はできない。松阪はその理由を考えた。

「もしかして、よそで働く予定があるから？　きみみたいに料理の腕前があるのなら、コックにだってなれるものね」

　そうだとしたら、残念だがしかたない。松阪はしょんぼりとうなだれて、オリーブに刺さったピックを意味なくいじった。

「いえ、料理の腕前とかそれ以前の問題です。俺がコックになることなんてないですよ」

　苦いものを含んだ声。松阪は訝《いぶか》しく視線をあげた。

「どうして？」

　風由来は少しためらってから口をひらいた。

「あなたに会った晩、俺はキャバレーの下働きをクビになったと言いましたよね？」

「うん」

「理由はあの店のキャバ嬢に俺が手を出したからです。しかも彼女は店長のお手つきでした。だから叩き出されたんです」

　思わぬ台詞に松阪はまばたきした。

「きみが本当にそんなことを？」

「いいえ」

「でも、きみがそう言ったよ？」

「女が誘って、だけど俺は断ったんです。それに腹を立てたんでしょう、嘘を店長に吹きこんだんです。弁解も通じないし、しかたがないので店長には腹を二発殴らせて……そのあと路地裏で休んでいたら、あなたがそこに迷いこんできたんです」

そうだったのかとうなずきかけて、見過ごせない事実があるのに気がついた。

「だけどそれってひどくない？　きみには身におぼえのないことなのに」

「おぼえがあろうとなかろうと関係ないです。俺は、中学校も満足に出てない人間なんですから。社会の底辺にいて、だから踏みつけられても当然なんです」

「でも僕はそんなふうには思わないよ」

松阪だってこの社会に不平等な一面があることは知っている。

しかし、自分は風由来のことを踏みつけられて当然とは思わない。それだけははっきりしていた。

「きみにもう一度最初の質問をしてもいい？　正直に答えてね。僕の世話をするのは嫌？」

「嫌じゃないです。この部屋を掃除したり、食事を作ったりして、あなたの帰りを待っているのは気分がいいです。たぶんこれが楽しいってことなんだって、生まれて初めて気がついたくらいには」

「だったらそうすればいいじゃないか」

胸のつかえが取れた気分で松阪はにっこり笑う。

「ああよかった。それならなにも問題ないね。これからもよろしく頼むよ」

すっかり満足してマティーニに口をつけたら、風由来が「その」と言ってきた。

「こう聞くのは失礼かもしれませんが。さっき俺が話したことを理解してます？」

「うん、ちゃんとわかっているよ」

松阪は皿からピックを摘まみあげ、オリーブをぱくんと食べた。

「あとね、この際だから僕も正直に話すけど、いままで頼んだヘルパーはことごとく辞めちゃったんだ。僕が我儘《わがまま》すぎるからヘルパーが居つかないって畑野さんには小言を言われて……。でも、きみなら僕は大丈夫だし、きみも平気でいてくれるよね？」

そもそも松阪は食べ物の好き嫌いが多いうえに、自宅にいるとき他人の姿が見えるのを好まない。これまで来ていたヘルパーも、だから松阪が部屋に戻る時刻の前に仕事を終わらせてもらっていた。

献立を考えるのがむずかしく、不定期な松阪の帰宅時間に合わせて動く。そんな仕事がやりにくいのはわかりきったことであり、以前の担当が辞めてからはなかなか次が見つからないでいたのだった。

「だけど、本当にいいんですか？」

「うん、もちろん。学歴なんかどうでもいいよ。僕らの世界じゃ学校がどうだとかは関係ないし。畑野さんには僕がきみを雇うんだって言っておくから。あ、でもきみのギャラのことはわからないから、それについては彼と直接話をしてほしいんだ」

言って、カクテルを飲み干すと、お代わりとグラスを掲げる。

風由来はしばし無言でいたあと、大きなため息を吐き出した。

「そうじゃないかと思ってましたが……あなたは相当に浮世離れしたひとですね」


その晩、テレビ局の駐車場で畑野の車に乗りこんだとき、時刻はすでに午前二時を回っていた。

「お疲れさまでした。明日は午後三時にお迎えに行きますから。少しゆっくりできますよ」

運転席でエンジンをかけながら畑野が言う。後部座席の松阪は「んぅ……」と間延びした声を洩らした。

「眠ければ眠ってください。着いたら声をかけますから」

言われるままに目を閉じてうつらうつらしていたら、いつの間にかマンションの駐車場に着いていた。

「目が少し充血してます。まだ半分寝ているみたいな感じですし、上階《うえ》までお送りしましょうか？」

「ううん、いい。エレベーターであがるだけだし。また明日、お疲れさま」

私的な領域に立ち入られるのを松阪が好まないのを、畑野は充分わきまえていて、だからこのときも無理押しせず引き下がる。

「でしたら、ここで失礼します。ゆっくり休んでくださいね」

「うん、お休み」

寝起きだからかなんとなくふらつく足で自分の部屋の前まで戻り、鍵を開けて中に入る。

「……風由来くん？」

普通にしゃべったつもりなのに、声がかすれた。おかしいなと感じながら玄関から廊下を歩き、リビングまで行く。キッチンに風由来はいたがこちらには気がつかず、シンクのところに長身を傾けて顔を洗っているようだった。

「ただいま」

チェックのシャツの背中に言うと、そこがびくんと跳ねあがる。

「あ、わっ……すみません」

迎えもしないでと、風由来がうろたえた様子で振り向く。

「もう少しかかるかと思って、ちょっと顔を」

深夜を過ぎて、いまは未明と呼ばれる時刻。たぶん風由来は眠気覚ましに顔を洗っていたのだろう。

顔を濡らした風由来に近づき、松阪は「あれ？」と相手をのぞきこんだ。

「そうやってると、きみの顔がよく見えるね」

前髪が水気を含み、いつもは隠れている彼の額や両目が露わになっている。

「どうしていつも前髪を垂らしているの？」

「や、それは……」

もっとよく見たくなり、彼のそこを指先で掻きわける。

「この眉《まゆ》も、目も、僕はすごくいいと思うよ。いまどきの若い子って感じじゃないけど。とくにこの目は、力があって……」

風由来の眸《ひとみ》は不思議だった。こちらをじっと見ているようで、見ていない。こんなにも強いものを感じるのに、それを押しつけてはこないのだ。彼のパワーは内側にとどまっていて、なのにそこからちらちらとこぼれ出す激しさをも感じさせる。

「うん、ほんと……面白いね。隠しているのはもったいない……クシュッ」

くしゃみをするのとほぼ同時に固まっていた彼が動いた。

「大丈夫です？」

「ん。たぶん……」

言った直後にまたも大きなくしゃみが出る。

「なんだかこの部屋、寒くない？」

「そんなはずは」

風由来は素早くペーパータオルを引き抜くと、それで両手をざっと拭い、こちらに腕を伸ばしてくる。

「松阪さん。なんだか熱っぽいみたいです」

額に手を当て、風由来があせった顔で言う。

「風邪《かぜ》でしょうか？　薬を用意しますから、まずはベッドに入ってください」

「いや、いいよ。薬なんか必要ない。僕はこれから一杯飲むんだ」

「飲むって、それは無理でしょう。熱が出ている最中に」

「たかが微熱だ。たいしたことない。せっかく家に帰ってきたのに、飲まなきゃベッドに行かないからね」

なんとなく我儘を言いたい気分になっていた。口を尖《とが》らせて不平を述べたら、彼が視線をうろつかせる。

「ええと、あの。気分は悪くないんですね？　頭や腹が痛かったり、胸がむかむかしていたりは」

「なんともないよ。ただちょっと寒気がするだけ」

「じゃあこうしましょう」

風由来は言って、松阪の寝室から毛布を一枚取ってきた。

「酒を作ってきますから、これにくるまって少しのあいだ待っててください」

酒を飲ませてくれるのなら不平はない。こっくりとうなずいた松阪はおとなしく毛布にくるまり、ソファに座っていることにする。

そうしてさほどもかからずに風由来がカップを手に持って戻ってきた。

「ええー……」

渡されたそれを見て松阪は思わず落胆の呻《うめ》きを洩らす。卵色の液体の表面には湯気があがり、シナモンのいい香りを広げている。温かくて、美味しそうだが……。

「これは酒じゃないじゃないか」

「酒ですよ」

「だって」

「エッグノッグというカクテルです。ブランデーも入れましたから」

ブランデーの単語にいくらかなだめられ、ひとまず口をつけてみる。しかし、満足とはいかないで、

「甘い。あと酒の味がぜんぜんしない」

「ちゃんと酒は入れてますから。もう少し飲んでみるとわかりますよ」

そうなのかなと、半信半疑でさらに飲む。すると、次第に胃の底あたりが温かくなってきた。

「なんだか眠い……」

手足の先までぽかぽかしてくるにつれ、眠気がふたたび兆《きざ》してくる。と、すかさず風由来が、

「ベッドに行きます？」

飲みきれなかったカップを彼の手に戻し、うながされるまま寝室でパジャマに着替える。

そのあと顔と手足とを蒸しタオルで丁寧に拭いてもらってベッドに入った。

「もう少し様子を見て、熱があがってくるようだったら、マネジャーさんに連絡を取りましょう」

「でもきっと畑野さんは寝ているよ。起こすほどのことじゃないから」

松阪が平気だからときっぱり言うと、風由来は「それなら」と明日のスケジュールを聞いてくる。

「確か明日は……三時にここを出る予定」

「その予定なんですが、休んだり変更したりすることはできませんか？」

「それはできない、というよりもしたくないよ」

「ですが、調子が悪いのに」

「んん。えっと……きみは前髪を短くしたほうが似合うと思うよ。それに、そのほうが表情がよくわかる」

追及から逃れるつもりで話題を変えたが、風由来はその台詞にはつられなかった。

「わかりました、そうします。それよりさっきの」

「うん。きみが心配してくれるのはありがたいけど……僕の尊敬する役者さんが言ったんだ。仕事があるうちは仕事場に行っとけって」

――役者ってえのは、声をかけてもらってるうちが華なんだ。役者は見られてなんぼだから、なにがあってもライトの下に行っとけ。

松阪はそんなことを教えてもらったと風由来に告げた。

「僕は、もう……役者とは言えないかもしれないけれど、それでもそこは、やっぱりね」

目を伏せてつぶやくと、彼はしばらく黙っていたあと「すみません」と頭を下げた。

そうしておもむろに身を引くから、とっさに「待って」と引きとめる。

「もう帰る？」

「あ、いいえ。まだ始発が動いてませんし。それと、もしもそうしていいのなら、あなたが仕事に出かけていくまでここにいます」

「うん、お願い」

即座に松阪はこっくりする。

「あとね、今日はもうひとつ頼みがあるんだ」

「はい、なんでしょう？」

「きみの仕事なんだけど、今後は住みこみで働かない？　きみも始発で帰るのは大変だろうし、ここは部屋があまっているし」

「………」

「待遇面とかはあまりよくわからないけど、ちゃんとするつもりでいるから」

しかし、風由来は黙ったままだ。長い沈黙が不安を呼び寄せ、言いわけじみた台詞と懇願が口からこぼれる。

「思いつきじゃないんだよ。前から言おうと考えていた。きみさえよかったら、ぜひそうしてほしいんだ」

するど、風由来がごく低い声で応じる。

「そう思ってくださるのはうれしいですけど、俺なんかをこの家に住まわせないほうがいいです」

「なぜ？」

「俺は二十歳《はたち》まで女のヒモをしていたような男なんです。金もなく、身寄りもなく、学もない、正真正銘最下層の人間です。そんな俺を住みこみで傍《そば》に置いたら、松阪さんの傷になります」

「傷なんて、それは違うよ」

女のヒモを風由来がしていた。その過去は意外だったし、驚いたが、だからといって彼のことを蔑《さげす》んだり疎んじたりする気にならない。まして自分の傷だなんて思わなかった。

「ほんとのことです」

「女に頼って暮らしていたから？　だけど、犯罪に関わることでもないだろう？　僕だってこの業界では女性の援助を受けていたおぼえがあるし」

「そういうのとは違うんです」

風由来は頑迷《がんめい》に首を振る。

「ああいうのはもっと……松阪さんの想像もつかないようなことですから。とにかく俺を同居させようなんて考えないほうがいいです」

あらためて視線を注げば、彼の頬が強張《こわば》っているのがわかる。それで松阪は気がついた。もしも自分が「うん」と言ったら、たぶんこの青年はもう二度とここには来ない。

「じゃあきみは僕のことを見捨てるの？」

松阪は腕を伸ばして、風由来の指を握りこんだ。

「もしもきみがいなくなったら、僕は満足な食事ができなくなるんだよ。汚い部屋で僕はどんどん痩《や》せていくんだ。きみは僕がそうなってもかまわないの？」

「……そういう言いかたはずるいです」

ぼそりと彼は声を落とした。

「俺があなたにひどいことをするみたいじゃないですか」

「だってそうだよ。きみが僕を甘やかして、それなしではいられなくしたんだからね。きみには責任があるんだから、もっといっぱい面倒を見て」

「責任って……」

絶句したあと、風由来は不思議な表情をした。困っているふうに眉を寄せ、なのに口元がほんのわずかに緩んでいる。これは松阪に呆《あき》れているしるしだろうか？

そうかもと思っていれば、風由来はふたたび言ってくる。

「あの、松阪さんは俺よりも年上ですよね？」

「うん」

「有名スターで」

「そっちはあまり関係ないかな。それに、有名だったのは昔のことだよ」

だから気にせずどしどし世話をしてくれないか。頼むと言うよりひらき直るかたちを取ると、風由来がハアッと息をついた。

「松阪さんには負けました」

「じゃあ、いいんだね？」

「マネジャーさんが反対だと言わなければ」

風由来はあくまでも慎重だった。しかし、それでもとりあえず承知してくれたのだ。松阪はよかったと言おうとして、ふいに目が回る感覚に襲われた。

「あれ？」

「どうしました？」

「寝転んでるのに目眩《めまい》がした」

告げると、風由来があわてて上体を伏せてくる。

「熱があがってきたみたいです」

額に乗せられた手のひらがひんやりして気持ちいい。

「じゃあずっとこうしてて。きみの手は熱さましにちょうどいい」

本気で言ったのに、ふざけていると思われたのか「それどころじゃないですよ」とたしなめられる。

「俺、ちょっと……」

言いながら肩を回した風由来が途中で止まってしまう。不思議に思って眺めていると、彼が困惑した態で「あの」と洩らした。

「そこ、すみません」

風由来が顔を向けているのは松阪が握っている指だった。

「あ、ああ」

手を緩めたら、彼はその指をじっと見たあと、拳《こぶし》のかたちに握りこんだ。

「……すぐに戻ってきますから」

ベッドのなかで松阪がおとなしく待っていたら、まもなく彼はコップやなにかを載せてあるトレイを持って戻ってきた。

「あなたはいいと言われましたが、やはりマネジャーさんに連絡をしたほうがと」

リビングのファックス電話を借りましたと、彼は律義《りちぎ》に断ってくる。

「そうしたら、この薬を飲ませてくれってことだったので」

薬局の名前のついた紙袋には見おぼえがある。ときおり前触れもなく熱を出す松阪は、畑野の勧めで効き目のいい漢方薬を調合してもらっていた。

「あ、そうだった。そんなのがあったんだ」

「畑野さんが、あなたはきっと忘れているに違いないって」

苦笑しながら風由来が腕を差し出した。

「つかまって。身を起こすとさらに目眩がするでしょうから、ゆっくりと動いてください」

「もう大丈夫、治まった」

強がりを言いはしたが身体がだるいのには勝てなくて、風由来の手を取りそれを頼みに起きあがる。

「だけど薬は嫌だなあ。これはすごく苦いんだ」

「苦くても飲んでください。熱を下げるためですから」

やむなく彼の介添えで薬を飲んで、やっぱり苦いと文句を言おうとしたところ、なんの拍子か盛大にむせてしまった。

「松阪さん⁉　大丈夫です？」

あわてた風由来に抱き寄せられて、背中を何度もさすられる。彼にすっぽり包まれる格好で咳が治まるのを待ってから、ようやく呼吸を落ち着かせた。

「ごめんね。びっくりしただろう？」

いきなり咳《せ》きこんでと言いながらそっと胸を押したけれど、風由来はびくともしなかった。どうしたのかとなにげなく顔をあげたそのとたん、心臓が跳ねあがる。

彼は前髪の隙間からこちらを見ていた。まるで至近距離から獣と目が合った気分になって、おぼえずこくりと唾《つば》を飲む。

なんでそんな眸で見つめる？　声に出さない疑問はたぶん伝わっていて、なのに風由来は視線を逸らそうとしなかった。

「あなたはどうしてそうなんですか？」

「え……もしかして薬のこと？　悪かったよ、つい忘れてしまうんだ」

「薬じゃないです」

彼は松阪を抱いたままつぶやいた。

「あなたはそう簡単に他人を懐《ふところ》に入れるタイプじゃないでしょう？　なのに、俺には最初から打ち解けてきた。おなじ空間にいるのを許し、俺の作った料理や飲み物を口にして。こうして触れさせ、少しもためらわずに薬まで飲む。これっていったいどうしてなんです？」

「それは……」

あらたまって聞かれると確かに不思議だ。返す言葉に困っていたら、彼がさらに聞いてくる。

「どうしてあなたは俺みたいな底辺の人間をあっさり受け容《い》れてくれるんです？　裏も表もなく心底から気を許して」

これは彼に批難されているのだろうか？　だから彼はこんなふうに言うのだろうか？

熱のあがった頭ではよくわからずに、不安に駆られて聞いてみる。

「きみは、そういうのは嫌だった？」

「とんでもない」

彼はきっぱり首を振る。

「これがたとえあなたの気まぐれだったとしても、俺はうれしかったんです。だけど、ひどく落ち着かなくて……」

風由来はうれしかったと言った。松阪が気を許してなついているのは嫌ではないのだ。

ほっとして見あげれば、いつしか髪が風由来の眸を隠していて、なんだかそれが残念なことに感じる。だから彼の前髪を指で掻きわけ、ごく近いところからその眸をのぞきこんだ。

「……やっぱりいいね、きみの目は」

少しばかり怖い気がして、知らず背筋がぞくぞくしてきて、けれども決してこの感覚は嫌いではない。

「あのね、僕もおなじだよ。きみみたいな人間は初めてなんだ」

風由来はどこの学校にも、家庭にも属さない。安楽な群れのなかに紛れることなく、敢然と頭をあげて険しい山道を歩いていく若い獣。

底辺と彼が言う生活をしていても、この青年に卑《いや》しいところは感じられない。むしろ松阪がこれまで出会った誰よりも毅然《きぜん》として、困った相手に手を差し伸べられる強さとやさしさを持っている。

自分がこれまで知っていた誰とも違うこの青年。野生の獣を思わせる強靭《きょうじん》さと純粋さとを兼ね備えるこの存在。だから惹《ひ》かれる。見つめないではいられない。

松阪が息さえ詰めてじっとしたままでいると、焦げ茶の眸がゆらっと揺れて、その奥からなにかとても激しいものが立ちのぼる気配がした。

「そんなふうに見ないでください」

眉根を寄せてそう告げる風由来の声はしわがれていた。

「そんな目で見つめられると……俺は……俺の知っていた自分のままでいられなくなる」

どこか怯《おび》えにも似た声音を洩らし、なのに視線は外さない。

「あなたは俺になにをさせようと言うんです？」

風由来の手は松阪の背に。松阪の指先は風由来の額に。互いに吐息がかかるほどに顔を近づけ、彼は松阪の返答を待っている。

「僕は、なにも……ただ……」

いったいどう言えばいいのだろう？　考えてもわからずに、ただ唇の動きにまかせる。

「きみと芝居をしたいと思って……」

言った瞬間、驚いた。

そんなふうに自分が思っていたなんて知らなかった。なのに、それが本当のことだとも等しくわかる。

「芝居？」

ずいぶん意外に感じられたか、風由来が訝しげにまばたきする。

「俺をこの部屋にいさせるのは、それが理由なんですか？」

「さあ、どうなんだろう。いままで芝居がどうなんてまったく思っていなかったし。それに、たぶんそのことばかりじゃないと思う。僕はきみの作ってくれる料理を美味しく感じているし、なによりきみが作り出すこの部屋の雰囲気が好きなんだ」

「…………」

でもおかしいね、と松阪は首を傾げる。

「なにがです？」

「きみは役者じゃないし、僕も……すでに俳優とは言えないだろう？　なのにどうしてそんなふうに思ったのかな」

これをどんな顔をして言ったのかわからなかった。だから、風由来が唐突に「すみません」とあやまったのには驚かされた。

「え、どうしたの？」

「あなたは体調が悪いのに。俺が勝手に突っかかって、あなたに……嫌な想いをさせました」

風由来は後悔を滲《にじ》ませた声音を落とした。

沈んだ調子とうなだれたその様子が、さっきの台詞を『嫌な』ではなく、『哀《かな》しい』と聞かせたのはどうしてだろう。

「いいんだよ。熱に気づいて看病してくれたのもきみだもの」

けれどもそれを松阪は追及したいと思わなかった。

「ちょっと……横になってもかまわない？」

言うと、風由来があわてたふうに松阪を抱いていた腕を緩める。

「あっはい、どうぞ」

風由来は松阪を横たわらせ、丁寧な仕草で布団をかけてくれた。

「薬が効いてきたみたいだ……なんだか眠くなってきた」

「ゆっくり休んでいてください。俺はいったん下がりますが、なにかあったらすぐに声を」

「うん、ありがとう」

微笑んで、けれどもドアがパタンと閉まると、虚脱感が全身を重くする。

「……芝居がしたい、か」

これは本心。けれども松阪が自覚したくない本音の部分だ。

「でも僕は、俳優には戻りたくない」

この言葉が偽りか真実かを決められるほど自分の心は強くない。自分の内心に踏みこめば、いまも血が流れ出す痛い傷が残っているのだ。

芝居がしたい。したくない。すごく怖い。したくない。

「……芝居なんかしたくない」

そうつぶやいて、松阪は片方の肘をあげて顔を覆った。

まるで浴びせかけられるフラッシュの光から自分を守るかのように。


松阪の風邪は薬が効いたのだろう、午前中には熱が引き、その日の午後には予定どおり仕事に行くことができた。風由来は住みこみのヘルパーを承知してくれ、畑野と雇用契約を交わしたようだ。

あれから三カ月、風由来は元々あまっていた部屋に住み、毎日松阪の面倒を見てくれる。

彼は松阪が――芝居をしたいと思って――と洩らしたことにはいっさい触れず、ただ黙々と松阪に仕えてくれる。だからだろうか、いつしか甘え放題に甘えてしまい、出先で嫌な出来事があったときは、拗《す》ねた気持ちをぶつける真似もするようになっていた。

「ただいま」

おかえりなさいの挨拶を玄関で聞き、松阪はまっすぐ洗面所に向かっていくと、水を撥《は》ね返すいきおいで顔を洗った。そのあとタオルで顔だけは拭いたものの、チフォネリのスーツとタイはびしょ濡れだ。

「あの……？」

振り向けば、蒸しタオルをたずさえた風由来が困って立っている。

けれども松阪はそれを無視して、彼の脇をすり抜けると、キッチンに足を運んだ。そうしてカウンターのスツールに腰をかければ、おだやかな問いが後ろから追いかけてくる。

「なにか飲み物を作りましょうか？」

「いい」

「じゃあ食事に？」

返事をしないままでいれば、風由来は答を強《し》いることなくカウンターの向こうに回り、冷蔵庫から魚介類や野菜などの食材を取り出した。

おおかたの下ごしらえはしていたのか、彼はてきぱきと作業を進め、鍋でそれらを炒めはじめる。

松阪の位置からは半袖のTシャツを通して彼の肩甲骨《けんこうこつ》が動くのが見て取れた。背筋はまっすぐ、高めにある腰の位置は安定していて、いい身体だなとぼんやり松阪は考える。彼のように長い首だと肩の動作が綺麗に見えるし、顔もカメラ映えがする。

これほど背の高い男なら、他者に威圧感をあたえても不思議ではないのだが、彼は常に温和な雰囲気を崩さない。

松阪が我儘な態度を取っても怒らないのは、もしかすると彼が長年女のヒモをしていたことも関係があるかもしれない。

いい匂いのする鍋に米を入れている姿を眺め、そう松阪は思ってみる。

風由来はヒモ時代、どんなふうに女に接していたのだろう。仕事から帰った女を癒してやり、やさしく夜の相手もして……？

「っ、風由来くん」

下世話な想像が恥ずかしくなり、松阪は意味もなく呼びかけた。

「はい？」

「……なんでもない」

呼んだくせになんですかと風由来は言わない。彼はまた淡々とコンロのほうに向き直った。

「それ、なに？」

沈黙がなんとなく気まずくなり、ややあってからたずねてみたら「パエリアです」と教えてくれた。

「イカは嫌だよ。入れないで」

「はい。入れません」

「ならいいけど」

その返事に満足すると、カウンターに肘をつき、またも彼に視線を注ぐ。

風由来は松阪にそうしますと言ったとおり前髪を自分で切った。だから彼が棚にあるアルミホイルを取るときには、整った横顔が眺められる。

これほどのイケメンだったら、きっと女には不自由なんてしなかったに違いない。なのに、どうして二十歳以降はキャバレーの下働きに甘んじていたのだろうか？

そんなことを考えながら、横のラインで移動する後ろ姿を見ていたら、風由来がひとつ咳払いして振り向いた。

「あの」

「ん？」

「……なにか飲まれますか？」

さっきとほぼおなじ質問。しかし松阪は、今度は「うん」とうなずいた。

「ジンフィズ。ライムは多めでね」

「はい」

こうして風由来を見続けて、彼と言葉を交わしていると、仕事のことでくさくさしていた気分が晴れる。つまりはしょせんその程度にちいさい事柄に過ぎないのだ。

ただ、気持ちを切り替えられはしたが、代わりに少しだけもやもやした感情が生まれている。

風由来は二十歳以後、誰ともつきあっていないのだろうか？　ヒモでなくても交際することはできるのだし、ここでヘルパーをしていても昼のあいだは自由なのだ。

「どうぞ」

グラスには櫛形《くしがた》切りのライムがふたつ。一緒に出された皿にはピスタチオとオニオンチーズ。いずれも松阪の好物だった。

「ありがとう」

これですっかり機嫌が直り、松阪は彼を見つめて問いかける。

「カクテルを作らせて、料理の邪魔になってない？」

「あ、いいえ」

風由来はそう言いはしたが、なにか微妙な表情だ。

「ん、なに？」

「えっと、その」

彼は一拍置いてから口をひらいた。

「今夜はなにか嫌なことがありましたか？」

「そうだけど、なんでわかった？」

「まあ、それは」

風由来の視線はびしょ濡れのスーツに向けられている。

「ああ、これ？」

我儘な自分の態度が急に恥ずかしくなってきて、松阪は「ごめんね」とあやまった。

「僕はきみにやつあたりしてたよね。きみがやさしくしてくれるから、調子に乗っていたんだよ」

しおしおとうなだれると「気にしないでください」となだめられる。

「拗ねているあなたも可愛……いえ、人間誰しも機嫌の悪いときだってありますし」

「そう？　風由来くんは怒ってない？」

「もちろんです」

「よかった」

にっこり笑うと、彼が軽く顎を引く。

「どうしたの？」

「いえ……その」

「言ってよ、気になる」

うながすと、彼は困った顔をしてぼそぼそと話しはじめる。

「あなたは本当に猫みたいなひとだなと」

「それ、前にも言ってたね。僕ってそんなに猫っぽい？」

「いえ……ただちょっと……そんな感じがしただけで」

すみませんと冷や汗を掻きながら恐縮している風由来を見れば、ふいにいたずらっぽい気分が湧いた。

「だったらここ、撫《な》でてみる？」

松阪は自分の頭を指差した。

「喉をゴロゴロ鳴らすかもしれないよ」

「いやそんな。すみません、あれはただの言葉のあやで」

「撫でたくない？」

あせる風由来にふたたび聞くと、ごくっと唾を飲んでから彼が言う。

「それは……じゃあ、さわってもいいですか？」

「ど、どうぞ」

自分からそそのかしたことながら、彼の緊張が伝わるとにわかに心臓が鼓動を速める。それでもなんとかうながすと、大きな手が近づいてきた。

「……っ！」

彼の手が頭に置かれた瞬間、腰骨から背筋を伝って電流が走り抜けた。もし本物の猫だったら、ぶわっと背中の毛を逆立たせているところだ。

いつもは器用に家事をする彼の手は、そうとは思えないくらいぎこちなく髪を撫でる。頭のてっぺんから手のひらをすべらせて、ゆっくり耳のうしろまで。

「松阪さん……」

喉にからんだ男の声。そこで手のひらの向きが変わり、松阪の左顎に沿うかたちで当てられる。

そのまま少しだけ持ちあげられ、カウンターをあいだに挟んで視線が絡《から》む。まるでキスされる直前みたいな体勢になり、松阪の心臓がさらに速いリズムを刻んだ。

「俺は……」

彼がなにを伝えようとしたのかは、結局松阪にはわからなかった。突然上着のポケットで電話の着信を報《しら》せる音が鳴ったから。

「っ！　あ……僕？」

わざわざ確かめるまでもなく自分のスマホだ。あわててそれを取り出すと、相手も見ないで画面のアイコンをタップする。

公《おおやけ》にしていないこの番号はほとんど畑野専用と化していて、伝え忘れた連絡事項があったのかと考えたのだ。しかし、回線の向こうから聞こえてきたのは、ハスキーな中年女性の声だった。

「あ、はい……え、いまからですか？　いえ……いいです。かまいませんよ……はい。お待ちしてます」

通話を終えたとき、妙に後ろめたかったのは、いったいなにに、誰に対してなのだろう。

松阪は椅子《いす》から下りつつ自分の足元に声をこぼした。

「お客さんがいまから来るから。僕はちょっと、あっちで服を着替えてくるね」

そう告げて、そそくさと寝室に逃げこんだ。


「ごめんなさいね。突然押しかけてきちゃって」

「いえ、いいですよ」

御影石《みかげいし》の玄関フロアに立っているのは生成《きな》り色のパンツスーツを着た女性。襟元にネックレスはなかったが、ショートヘアからのぞいている耳たぶにはダイヤのピアスが輝いている。

彼女は確か五十歳前後にはなっているはずだろうが、年齢よりもはるかに若く、しかもそこらの男たちより迫力あるエネルギーを感じさせた。

「たまたま近くのレストランに来たんだけど、そこが閉店しちゃってて。あなたのところにワインを預けてあったのを思い出したの」

「そうでしたか。それはよかった」

なにがよかったかはわからないが、松阪は社交的な笑みを浮かべた。

「今夜はなにか甘いワインをいただきたいわ」

「だったら、トカイのエッセンシアはどうですか？　それともシュタインベルガーのアイスワインを？」

「エゴン・ミュラーは？」

「あれですか？」

松阪は細く形のいい両眉をあげてみせた。

「いいですけど、今日はなにかいいことでもあったんですか？」

エゴン・ミュラーは『ドイツのロマネ・コンティ』といわれている格の高い醸造家だ。それを開けるからにはと思ったのだが、彼女はフンと鼻を鳴らした。

「その反対。やけ酒よ」

ルブタンのパンプスを後方に蹴り脱ぐと、彼女はいきおいよくリビングに向かっていく。そうして部屋を通過してテラス窓の前まで行くと、夜の海を眼下におさめた。

「ここの景色は結構好きよ。わたしの部屋から見るよりもずっと暗いところがね」

「じゃあどうぞごゆっくり」

言って、松阪は踵を返した。そうしてキッチンに入っていくと、ちいさな声で風由来に告げる。

「きみはいいよ。僕が彼女にサーブするから」

このとき松阪はテレビで見せている仕事用の顔になっていたと思う。風由来が一瞬息を飲み、それから黙ってうなずいた。

松阪はワインセラーの扉を開けて、そこからリースリングを取り出すと、グラスとともにそれらをリビングに持っていく。ボトルの栓を抜き、金色の液体をグラスに注ぐと、女の背後から近づいた。

「どうぞ」

「ありがとう」

なにがあったか問いはしない。しゃべれば聞くが、彼女のあれこれを自分からは詮索しないのが通例だ。

そもそもの出会いが完全に仕事絡みで、超大手広告代理店のディレクターをしている彼女に事務所を通じて紹介され、その後しばらくは有力な贔屓筋《ひいきすじ》になってくれた。いまは副部長にまで昇格した宮森《みやもり》とは、ひととき男女の仲にもなったが、当時から互いにそれぞれべつの相手ともつきあっていた。

つまり宮森は、松阪が俳優としてドラマデビューして間もないころはいい仕事を回してくれる頼もしい後ろ盾として、いまは愚痴《ぐち》を言い合える友人の立ち位置にいる相手だった。

「歳《とし》を取るのってほんとに嫌ね。自分の限界が見えてきて」

「あなたはいまでも綺麗だし、パワーは少しも衰えていませんよ」

「あらやだわ、あなたったら。わたし相手に松阪絢希を演じないでよ。わかっていてもグラッとくるでしょ」

苦笑して言い放つと、彼女は表情をやわらかくした。

「でもありがとう。少し元気が出てきたわ」

「どういたしまして。ささやかながらお役に立ててうれしいですよ」

松阪が手のひらを差し伸べると、彼女がその上に手を添える。そうして彼女をエスコートして、ソファセットまで戻っていくと、キッチンに背が向くほうの椅子を勧めた。

「なにかつまみは？」

「食べてきたからいらないわ。でもそうね、チョコレートかなにかがあれば」

さっきはレストランに来たけれど閉店していたと言っていた。しかしそこは追及せずに、キッチンのほうへと向かう。

「ええと。どこにあったかな？」

最近はこの場所でなにかしたこともない。小声でぼやいて、棚をごそごそしていたら、奥にひっそりと佇《たたず》んでいた風由来が指差しで教えてくれた。「ありがとう」と唇の動きで伝えて、チョコとナッツを皿に載せて引き返す。

それにしても、間男を引きこんでいた人妻の気分がするのはなぜだろう。

松阪がよくわからない罪悪感をかかえつつソファのところに来てみれば、彼女はすでに二杯目を飲んでいた。

「もらいものだけど、こんなのでもいいですか？」

「いいわよ、もちろん」

彼女が皿のチョコレートに目をやって、ファンからかそれとも聞いてくる。

「ファンのほう。本当にありがたいと思いますね。僕みたいなタレント風情《ふぜい》にも熱心でいてくれて」

「まあ。自虐っぽいこと言わないで。あなたには似合わないわよ」

「そう？」

「それとも慰めてほしいのかしら？」

「いや……そうでもないみたいです。最近はそっちのほうに関心がなくなったので」

「あらほんと？」

「歳を取るのって本当に嫌ですね」

さきほどの彼女の台詞を拝借すると、相手はちいさく吹き出した。

「もう。皺《しわ》が目立つから笑わせないでよ」

「あなたこそ自虐っぽいのは似合いませんよ。今夜も充分若々しい」

この台詞がおべっかの類《たぐい》ではなく本気で言ったのが伝わったのか、これを潮に彼女の機嫌が急角度で上向きになり、以後は結構なハイピッチでグラスを重ねる。

こんなに早飲みで大丈夫かと思ったときには、すでにかなり酔っていて、上役だろう男のことを罵《ののし》りはじめた。

「ほんとにムカつくわ、あのザビエル。なんにもわかっちゃいないくせに。なにが——きみの神通力《じんつうりき》もそろそろ薄れてきたんじゃないか——よ。わたしにだって、ホットな企画はたっぷりあるのよ。ねえ、そうでしょう？　そう思わない？」

「ええ、そうですね」

「でしょう？　なのに、あのザビ助があれも駄目これも駄目って。言うほうはそりゃお気楽になんとでも言えるけどね、そうそう視聴者の目を奪うタマが転がってるかってのよ」

これは相当鬱憤《うっぷん》が溜《た》まっているようだった。やむなく松阪はもっともらしくうなずいた。

「わかります、あなたも大変なんですね」

「そうよ。すごく大変なのよ。スターを見つけろって簡単に言うけどね、どこのもみんな小粒なの。多少なりとも才能がありそうなのは、とっくに誰かが目をつけてるし」

「なるほど」

「イケメンで、スタイルが良く、フレッシュで、しかもちっちゃくまとまらず、ひととは違うすごいオーラが半端ない、将来の伸び代ありの大型有望新人がどこかに埋まっていないかしら」

「それは……少しばかり難しいかもしれませんね」

宮森の欲深い願望に幾分呆れてつぶやいた。

「そんな新人が発掘されていないわけがないでしょうし」

言ったあとで、待てよと松阪は考えた。

そんな人物に心当たりがないこともない。というか、すぐそこに立っている。

風由来なら宮森の注文にぴったりだ。ルックス、オーラ、ともにまったく問題なし。まだ誰も彼に目をつけてはいないし、将来の伸び代は不明だが、自分の世話をしてくれる様子から、頭もいいし機転も利くと思われる。

考えればはずみがついて、松阪は風由来のいいところをさらにあげる。彼の長所ならたくさんあるのだ。

たとえば……あの青年はイケメンであるだけではなく家事全般に秀でている。掃除はきっちりするほうだし、料理も上手で、自分が苦手な食材は絶対入れない。カクテルを作るのもすごく得意で、こちらの体調や機嫌をまるで読んだようにぴったりのテイストに仕あげてくれる。しかも、アロマにもくわしくて、彼手製の入浴剤で風呂に入り、オイルマッサージもしてもらえるから、最近肌がつやつやだ。それで、ありがとうとこちらが言うと、控えめな笑みを返してくれるけれど、そのときの雰囲気がまたいいのだ。まるで――あなたのことを大切に思っていますよ。ずっと傍で見守っていますからね――とやさしく伝えてくるような。

そう、彼はいつでも陰日向《ひなた》なく接してくれる。誠実で頼りがいのある風由来。なのについさっき、自分は彼をからかってしまった。でも、あれはしかたがないのじゃないだろうか。

だって、自分よりも彼が先にこちらのことを猫っぽいと言ったわけだし。

髪を撫でてもらったあのとき、しかし彼はなにをしたがっていたのだろう？　あんなに見つめて、顔を近づけ……もしも自分が女だったら、キスでもするかと思うところだ。だけど自分は男だし、間違ってもそんなことはないだろうが……。

「ねえ、ちょっと。ねえってば」

「……え、ああ。失礼」

いつしかすっかり想いに耽《ふけ》っていたらしい。長い睫毛《まつげ》を上下させると、柳眉《りゅうび》を寄せた宮森が目に入る。

彼女をよそに考えごとをしてしまって機嫌を悪くさせたのだろうか？

これはまずいと思ったが、なぜかいきなり彼女は起立しこちらに来ると、横の席にドスンと座る。

「え、なにか？」

面食らって問いかければ、無言で彼女は顔を寄せる。とたん、むわっと酒臭い息がかかり、反射で松阪はのけぞった。

「あの。宮森さん？」

当惑している松阪を気にせずに、彼女はさらに詰め寄った。

「ちょっと、あなた。どうしたの？」

「はい？」

「しばらく顔を合わさないでいるうちに、ずいぶん雰囲気が変わったわね」

そう言われても、自分ではわからない。無意味に頬を撫でていたら、宮森がまたもずいっと迫ってくる。

「そうよ。なんだかおかしいわ。あなたって、こんなのじゃなかったはずよ。もっとずっと現実味がなく、クチュリエに作ってもらったお洒落人形みたいな感じの……」

「それはね。僕も三十をとっくに越えて、いつまでもお人形ではいられませんしね」

そういう評価かと苦いものがよぎりはするが、事実だからしかたない。

軽妙で、瀟洒《しょうしゃ》だが、上《うわ》っ面《つら》ばかりで深みがない。女受けはするだろうが、社会ドラマには使えない。

松阪が俳優業をしていた当時はさんざん聞かされた批評だった。

「まあ、それはそうかもしれないけど。でも、あなたってこういう方向に変化するの？　これはもしかして……イケるかもしれないわね」

「行けるって、どこにですか？」

「もう。とぼけたこと言わないで」

彼女の目がおかしな感じに光っている。その様子はエサのにおいを嗅《か》ぎつけたハイエナと形容したら失礼だろうか。

「ねえあなた。明日プロデューサーを紹介するから会ってみて」

「なんのためにです？」

「あなたのドラマ出演の打ち合わせに決まってるでしょ」

過去にもあったこのやり取りは、しかしいまの松阪にとってみれば戸惑いしか感じさせない。宮森は上司との軋轢《あつれき》で鬱憤をつのらせて、ここへはやけ酒を飲みに来たのではなかったのか？

「しかし、僕はドラマのほうは」

「いっさいお呼びがかからないってことなんでしょう。大丈夫よ、それくらいわたしがなんとかしてみせるわ。そうよ、そうですとも。それくらいの値打ちはあるもの」

彼女がなにを言っているのかわからない。ただ鼻息はものすごい。

「あなたが最後のドラマに出てから、ええっと、三年？　ま、いいわよ、問題ない。直後からの半年間をのぞいたら芸能活動はずっと続けていたんだし、その程度のブランクだったらすぐに勘を取り戻せるわ。それに、視聴者だって新境地でよみがえった松阪絢希の演技を観たがると思うしね」

「じょ、冗談を言わないでくれませんか」

皆の目に晒《さら》されて、自分がまた演技をする？　そしてふたたび手痛い批判とこき下ろしの渦のなかに巻きこまれるのか？

頬を強張らせて身を引くと、宮森がこちらにぐっと上体を寄せてきた。

「いいわね、その顔も。ほんとにあなた、変わったわよ。なにがあったのか知らないけど……。うん、いいわ。いまのあなたなら寝てみたいと思うわね。以前は途中で醒めちゃうところがあったけど」

過去にふたりが男女の仲であったとき、宮森はそんなふうに感じていたのか？

男としては結構へこむ感想をもたらされ、怒っていいのか嘆いていいのか微妙である。ただ、それはたんなるプライドの問題であり、彼女を夢中にさせられなかった残念感ではないようだったが。

「宮森さん」

「なによ？」

「申しわけないんですが、今夜はちょっと。あなたは飲み過ぎているようですしね。翌朝すっかり忘れられては、僕もせつない気持ちになります。だから、このお愉《たの》しみは次の機会に。僕も待っていますから」

「嘘ね」

宮森はきっぱり断じた。

「その口上は以前の松阪絢希なのよね。だから最初は騙《だま》されてたの」

ひとを詐欺師《さぎし》扱いし、彼女はいきなり松阪に襲いかかった。

「うわっ」

「ほら、こっち。この顔のがずっといいわ」

「ちょ、ちょっと。宮森さんっ⁉」

ソファに松阪を押し倒し、彼女はその上に跨《また》がって体重をかけてくる。乱暴に撥ねのけるわけにもいかず、松阪は自分に馬乗りでキスを迫る彼女から顔を背けた。

「なんでキスをさせないのよ」

「なんでって……」

「以前はキスだって、なんだってさせたでしょ。どうしていま拒むのよ」

言われてみればそうである。大人同士で、独身同士。この場面で焼けぼっくいに火がついても誰にも迷惑はかからない。なのに、どうして自分は彼女を受け容れないのか？

「操《みさお》を立てたいひとでもいるの？」

その聞きかたは、まるで悪代官に手込めにされかけた女中のようで嫌である。松阪には女の操などないし、だから横に首を振った。

「じゃあいいじゃない」

「いや、よくな……わっ」

腰の上にどっかと尻を据えられれば、動けないほど重くて苦しい。

「女に恥をかかせないでよ。それともなあに、わたしなんかに触れるのも嫌になった？」

「み、宮森さんを嫌だなんて思いませんよ」

松阪はむやみに女性を傷つけるのは好まない。それに宮森は友人として好意をいだいている相手なのだ。

その想いが松阪を二重に縛り、彼女の望みを叶えてもいいかなと弱い心がぐらついた。

「あなたも前よりずっといいわよ。いまのあなたには……そそられるわ」

「………や……やっぱり待って」

駄目だ。どうしても宮森とはキスできない。彼女がどうこうと言うよりも、それ以上のなにかが自分を押しとどめる。

「ええい、もう。じれったいわね」

問答無用で彼女が実力行使に出た。

松阪の顎を摑《つか》んで、伏せた顔をぐぐっと寄せる。あと数センチで唇が触れそうになり、思わず松阪は叫んでいた。

「ふっ、風由来くんっ。助けて……っ」

言った直後、あれっと思い、そのあとでしまったと後悔する。

いま自分は誰を呼んだ？　そしてその結果はどうなる？

「ねえちょっと。フユキくんって誰なのよ？」

顔をあげて、厳しく宮森が睨《にら》んでくる。

その彼女に応じたのはソファの近くから聞こえてくる声だった。

「俺ですが」

このときの彼女の様子は見ものだった。両目を最大限までひらき、たっぷり一分間は静止したまま風由来の姿を凝視している。

めったに動揺しない辣腕家《らつわんか》で『鉄の女』と呼ばれた彼女が、アイドルを初めて見た女子中学生とおなじ反応。宮森の下敷きになった姿勢で松阪も茫然《ぼうぜん》としていたら、いきなり彼女が跳ね起きた。

「まあ。まあまあっ。見苦しいところを見せちゃってごめんなさい」

風由来は宮森には一瞥《いちべつ》もくれないで、松阪のすぐ前まで足を進めた。

「平気です？」

「ああ、うん……ありがとう」

かなりみっともないところを見せた。ばつが悪いと思う以上にやましい気分がしているのはなぜだろう。

風由来の目の前で女との濡れ場を演じそうになったから？　しかし彼には女のヒモだった経歴があり、もうすでにそんなことには慣れっこだろうし。

松阪がもやもやした思いをかかえて起き直り、シャツの皺をなんとなくいじっていたら、頭の上に大きな手が乗ってくる。

「髪が乱れてしまいましたね」

風由来が膝を折り、松阪の髪を指で梳《す》きはじめる。やさしい仕草に癒されて、彼の顔を見てみたら、焦げ茶の眸がもう大丈夫と伝えてきた。

俺がここにいますから。なにも困ったことなんて起きません。

「……うん、そうだね」

なんとなくそうしたくなったので、空いていたもうひとつの手に触れてみる。と、一瞬そこがぴくっと震え、次には握り返された。

「シャツの襟を直してもいいですか？」

うなずくと、髪を撫でていたほうが首のつけ根に下りてくる。襟の後ろを直されるとき、彼の指が肌に触れ、思わず「んっ」と肩をすくめた。

「あ、すみません」

「んん、平気。ちょっと……くすぐったかっただけだから」

「そうですか」

語尾にはわずかに疑問符がつき、だったらいいですねと言わんばかりに彼が首の後ろを撫でる。

そうされると松阪の猫っ毛が彼の長い指に絡み、ぞくぞくするような感覚が生まれ出た。

「……風由来くん」

「なんですか？」

なにを言おうとしたのかはわからない。そのあと黙って彼の顔を見つめたら、真摯《しんし》な眸が見返してくる。見つめ合って、そしてそれから――。

「あの。ちょっといいかしら」

コホンと咳払いをひとつしてから、宮森が割りこんできた。

それまですっかり彼女のことを忘れていたので、驚いてそちらを仰ぐ。

「あっ、ああ。どうぞ」

あせって返せば、風由来は軽く眉をしかめて腰を伸ばした。

またもキッチンに戻るのかと思ったが、ぐるっと方向を変えただけでソファの前から動かない。そこはちょうど宮森からの視線をふさぐ位置だった。

「あなた、名前は？」

無言が彼の返事だった。めげない宮森は次には松阪に問いかける。

「ねえ、絢希さん。この子は誰？」

宮森は女友達であると同時に、松阪が所属する事務所に対して多大な力を有している。大手広告代理店のクリエイティブディレクターで、しかも役職クラスとなれば、あらゆるマスメディアへの働きかけは容易なのだ。

「言ってもいいかい？」

それでもまずは彼に聞く。「はい」と答えてくれたので、松阪は宮森の望みに応じた。

「そう、辻風由来くん。いい名だわ」

彼女はうなずき、そのあと風由来に矢継ぎ早の問いを重ねた。

「それで歳はいくつなの？　学生、それとも社会人？　それからきみの住所がどこか教えてほしいし、出身地も聞かせてほしいわ。あと、きみはここでなにをしてるの？　絢希さんには確か弟も、甥《おい》もいなかったはずだけど」

宮森は強引な女だが、無駄に不躾《ぶしつけ》な真似はしない。これはたぶん風由来の反応を知るためだ。

萎縮《いしゅく》するか、あわてるか、黙りこむか、怒り出すか。それを見てみたいがためのテストだろう。

まったくいい性格だと呆れつつ、風由来を援護する言葉をかけようと思ったとき。

「あなたには関係ないです」

これを風由来は落ち着き払って口にした。怒るでもなく、あせるでもなく淡々と。

風由来の長い脚の横からのぞいてみると、彼女はつかの間ぽかんとしたのち、やおら舌舐《したな》めずりせんばかりの笑みをつくった。

「いいわね、きみ。すごくいいわ。ねえ風由来くん、ちょっとテレビに出てみない？」

「結構です」

「結構って、ようするにオーケイってことかしら？」

「…………」

　風由来は彼女の引っかけにはかからなかった。黙って肩をすくめる姿に、しみじみ感嘆の念をおぼえる。まだ二十二歳の青年なのに堂々としたものだ。

　しかし松阪はこのなりゆきにおなじくあやうさも感じてしまう。

　宮森を必要以上に怒らせないほうがいい。彼女はたとえ誰であろうと、軽《かろ》んじられたり、無視されたりするのは許せない質《たち》なのだ。

　松阪は「まあまあ」と腰をあげると、風由来の脇を抜け、宮森の前まで行った。

「彼はまだ子供ですから。あなたが直々《じきじき》にスカウトするのがどれほど稀《まれ》で幸運なことなのか、少しもわかっていないんですよ。元々彼はテレビを観ないと言っていたし、そういう人間にいきなり出演しないかと誘ったところで、これがどういうことなのかピンとこなくてもしかたがないかもしれませんね」

　無礼というより無知なのだとさりげなく強調しておく。風由来にすれば不本意だろうが、今夜はともかく宮森がトラブルなしに帰ってほしい。

「風由来くんにはこの部屋の家事やなんかを住みこみでしてもらっているんです。もちろんマネジャーの畑野さんも承知のうえで、僕の事務所と雇用契約も結んでいます。そのあたりのこともあるから、スカウトの件については一度事務所と相談させてもらえませんか？　風由来くんには僕のほうからあとで説明しておきますし」

これをとっときの甘い響きと笑顔で言った。すると、宮森は「あら」と眸を潤ませる。

「その表情は前とおなじ……いいえ、あれよりさらに磨きがかかったみたいだわ」

頰を染めた『鉄の女』を見返して、松阪は内心かなり戸惑っている。

昔つきあっていたときだって、こんなところを彼女は見せたことがない。いったいどうしたのだろう？　仕事の上で嫌なことがあったというし、今夜は本気で情緒不安定なのかもしれない。

「しばらく会わないうちに、あなたいったいなにがあったの？」

「なにがって、べつになにも」

突然聞かれて、松阪はきょとんとする。

仕事場に行き、風由来のいる部屋に帰る。ここのところただそれだけだ。

「誰か好きなひとでもできた？」

なんとなく後方を振り返り、姿勢を戻して「いいえ」と応じた。仕事柄、綺麗な女はいくらでも目にするが、心が動いたおぼえはない。最近は外で女と遊ぶより、ここでのんびり過ごしているほうがずっと楽しい。

「まあいいわ、それはどうでも」

あまり信じていないふうに彼女はその話題を切りあげる。

「さっきも言ったけど、今週中にプロデューサーと会う予定を作ってちょうだい。わたしのほうからもあなたの事務所に連絡を入れておくから」

「え。ちょっと待ってくれませんか。僕はまだそれは……」

「いいじゃない。悪いようにはしないから」

わたしを信じてと畳みこまれて返事に窮する。

なにをどう言えばと、つかの間棒立ちになっていたら、ふっと視野に影が差した。

「松阪さんを困らせないでくれませんか」

風由来が腕を伸ばしてきて、ふたりのあいだに割って入る。

「ふ、風由来くん……!?」

こらこら待ってと彼の二の腕に両手をかけたら、宮森が目を見ひらいた。

「あの、宮森さん。彼はべつに悪気はなくて……」

怒るかと思った彼女は、しかし大きなため息を吐き出した。

「ああもうほんとになんてことなの。わたしはなんでここに来ようといままで思わなかったのかしら。もっと早くそうしていたら、あのザビ助にあんなことを言わせないですんだのに」

嘆くとも恨むともつかないような口調を洩らし、宮森が「わかったわ」とうなずいた。

「今夜はおとなしく帰ってあげる。ただし、わたしはあきらめていませんからね」

そうして今度は風由来に目を向け、

「きみのほうも。わたしはかならず表舞台にきみを引っぱりあげてみせるわ」

言うだけ言うと、宮森はくるりと回れ右をして玄関に向かっていく。

「ああそうだ。残りのワインはふたりでどうぞ」

それだけを言い残し、彼女は部屋を出ていった。

玄関のドアが閉まる音を聞き、松阪はその場にへたへたと座りこんだ。

「よかった……助かったよ」

あのいきおいでは「うん」と言うまで帰らないかと思っていたが、意外にも早々に引き揚げてくれたのは幸いだった。

途中でよく理解できない感想も洩らしていたが、ひとまず一難去ったわけだ。あとのことはあとのことと、松阪は自分の脇にしゃがみこんだ風由来のほうに力ない笑いを見せた。

「ほっとしたら、なんだか腹が空《す》いてきたよ」

「あ、じゃあパエリアを。すぐに支度しますから」

風由来は松阪を抱き起こすと、ソファに座らせ、キッチンへと向かっていく。その背に「きみも食べようよ」と声をかけたら、彼は驚いた表情で振り返った。

「俺もですか？」

「うん。宮森さんもワインをふたりでどうぞって言ってたしね」

こんないいワインをひとりで飲むのは味気ない。

「だけど俺はヘルパーの立場ですから」

そう言って辞退するのを「いいから」と押しきって、彼の作った料理を前にワイングラスを傾ける。

ドイツ産の最高級リースリングと、家庭料理ながらも上手にできたパエリアは互いのよさを引き立て合って、さらに旨みが増すことだろう。

「どう、このワイン？」

「俺はこういう高いワインの味はよくわかりません」

「高いか安いかは関係ないよ。自分がどう感じるかだから」

風由来のパエリアも口に運び「うん、美味しい」とにっこり笑う。

「俺は、松阪さんのそういうところが……」

「ん？」

「その。ほんとに育ちがいいんだなって思います」

微妙に言葉を濁したあとで風由来が言った。松阪は「そうかな？」と首を傾げる。

「そうですよ。松阪さんは自分が持っているものをステイタスにしないでしょう？　いつも本当に自然体で」

「でも僕だって見栄っ張りなところがあるよ。無駄にプライドが高いのも自覚してるし」

「松阪さんのは自分自身を高めようとしてるからです。他人に向かってひけらかすのとまったく違う。自分がえらそうにするために俺みたいな底辺の人間を踏みつけてくる、俺の知ってた連中はそんなのばっかりでしたから」

風由来の台詞には図らずも彼の内部に秘められた憤《いきどお》りが感じられる。松阪は聞こうかどうしようか迷ったが、彼のことを知りたい気持ちがためらいに打ち勝った。

「ねえ風由来くん。こういうことを聞くのは不躾かもしれないけれど……きみはどうして女のヒモをしていたの？」

「それは……」

風由来は軽く唇を噛み、それからおもむろに口をひらいた。

「昔話になりますが、いいですか？」

「うん」

「俺はずいぶんと子供のころからジイちゃんと暮らしていました。親はとっくに離婚してて、ふたりともどこにいるのかわからない。だからジイちゃんの年金でチビと俺との三人暮らしを」

「チビっていうのは？」

「雑種の犬です。ジイちゃんがどこからか拾ってきて、可愛がって、家族みたいに思ってました」

松阪は感想を差し控え、ただこっくりとうなずいた。

「中学二年生のとき、そのチビがバイクに轢《ひ》かれて死にました。家族同然だったのに、そうなればチビはただの物扱いです。バイクは無保険で、轢いたやつからは詫びる言葉はひとこともなし。ジイちゃんはチビがいなくなったあと、短くなった蠟燭《ろうそく》の火が消えるように亡くなりました」

重く深刻な内容に言葉をなくし、松阪は張り詰めたその横顔を見つめるばかりだ。

風由来は飲みかけのグラスを眺めて話を続ける。

「病気になっても、金のないジイちゃんは高い治療が受けられない。結局大部屋の片隅でひっそりと死ぬしかなかった。そのあと俺は施設に行くことになったんですが、ジイちゃんとチビのことがあったから誰も信じられないし、あらゆるものに腹が立ってしかたがなかった」

それで職員の目を盗んで逃げ出したと風由来は言う。

「そのころ俺は十五歳になっていて、身体が大きかったぶん年齢よりもずっと上に見えたんです。だから、歳をごまかして安キャバレーの下働きをしていたら、そこの女に誘われて……」

「彼女の世話になることにした？」

風由来が肯定の仕草をするのを見つめつつ、松阪は胸が痛くてたまらなかった。

自分が彼とおなじ年齢だったころには横浜の実家にいて、気楽な学生生活を送っていた。

会社を経営する父と、旧家の出でおっとりした母、それに勝ち気だが根はやさしい姉とに囲まれ、なに不自由なく暮らしていて、それを当然だと思っていたのだ。

「俺はジイちゃんとチビを殺した世間を憎んだ。俺たちみたいな底辺の存在を簡単に踏みにじる連中が許せなかった。本当は……こんな感情は逆恨みとわかってて、だけどなにかを憎んでいなければ収まらなかった。だから俺は世間に背を向け、そのときどきの女の部屋に閉じこもった」

丁寧語をやめた台詞に風由来の苦しい葛藤《かっとう》が滲んでいる。

つかの間松阪はためらったあと、彼が膝上に置いた拳にそっと自分の手を添えた。

「俺は……俺を蔑む連中に憤りを感じてたけど、上を目指そうとは思わなかった。そうすれば、俺が嫌いな連中とおなじになると思ってたんだ。ただ頑《かたく》なに自分が作った殻の中にいようとして、だけど俺は……あの晩あなたに会ったから」

風由来はそこで視線をめぐらせ、松阪を見た。

「あの晩路地裏に不思議な生き物が舞いこんできて、俺は一瞬もそこから目が離せなくなってしまった。偶然行き合って、だけど世界が違うからすぐにどこかに行ってしまうと思ってた。なのに、あなたは俺を自分の部屋に誘い、そのままいさせてくれたんだ。俺はこんな幸運もあるのかなって、だとしたら世間ってのもそう悪いばかりじゃない。俺は次第にそう思えてきて……だからあなたは俺にとって特別なひとなんです。頑なだった俺を殻から出してくれた、なににも替えがたい存在です」

そうしてじっと見つめてくるから、なんだかむやみにあせってしまう。

「そ、そう？　買いかぶりでもうれしいよ」

「買いかぶりじゃないですよ。ほんとにあなたは俺にとって大事なひとです」

「あ、ありがとう。そんなふうに思ってくれてこちらこそ恐縮するよ。それで、えっと……」

なにかものすごい告白を聞いた気がする。風由来は自分をそんなふうに思っていたのか。けれども、こちらとしてはそう言われるほどのことをしたおぼえはない。むしろ彼には甘えてばかりでいるのだから。

松阪はしきりと視線をさまよわせていたあげく、ようやく言うことを思いついた。

「だったらきみ、テレビに出てみる気になった？　ほら、上を目指してもかまわない気分なんだろ？」

風由来はそれには答えずに、自分の拳に添えられている指を見る。

「……あなたはどうです？」

「僕？」

「はい。プロデューサーを紹介するとあのひとが」

松阪ははっきりと顔をしかめた。

「それはねえ。断りたいけど、宮森さんは言い出したら聞かないから。まあ、明日にでも畑野さんと相談するよ」

きみのこともね、と松阪は言葉を足した。

「それにしても、どうして彼女はいきなり僕を引っぱり出す気になったんだろう。顔がどうだとか、なんだかよくわからないことを言っていたようだったけど」

風由来は「たぶん」とつぶやいて、あとの言葉を飲みこんだ。

「なに？」

「……その。あつかましい願いかもしれませんが、もしも嫌でなかったら、あなたの出た作品を俺に観せてくれませんか？」

唐突に話題を変えられたのに面食らいつつ、松阪はそれでも「いいよ」とうなずいた。

役者時代の自分を観られるのにまったく抵抗がないとは言えなかったけれど、彼の真摯なまなざしに気づいてしまうと承知せずにはいられない。

「明日にでも畑野さんに話しておく」


飛行機が羽田に着いて、荷物を受け取りゲートを出れば、いきなり声をかけられる。

「絢希さまぁ、お疲れさまです」

ああどうもと会釈をすると、数人の若い女がキャアッと歓声をあげて跳ねる。

「ファンクラブの子たちですよ」

後ろでトランクを引いている畑野が松阪に小声で教える。

「ロケ帰りの出迎えにきたんでしょう」

今夜の松阪は旅帰りということもあり、やわらかい素材を使った長袖シャツに、ノータックのスラックス姿だった。足元はジョン・ロブのキャンバスシューズで、松阪にしてみればカジュアルな装いである。

「おかえりなさい、絢希さま」

彼女たちが用意していたミニブーケや、菓子かなにかの類だろう紙袋を次々に手渡される。

それらを受け取り「ありがとう」とにっこり笑えば、またも黄色い嬌声《きょうせい》がフロアに響いた。

午後十一時でも到着ロビーには結構なひとがいて、彼女たちの興奮が呼び水になったのか、

「おい、見ろよ。松阪絢希」

「わ。アヤショーじゃん」

などと周囲の反応がにぎやかになってくる。

「松阪絢希さんですね？　いつも応援してますよ」と握手を求めてくる者や、「サイン下さい」とペンと手帳を差し出す者。そのあいだにも携帯の端末で遠慮なく写メを撮られる。

「松阪さん、そろそろ」

頃合いと思ったのか畑野が人垣を割って入り、退出をうながしてくる。

「ごめんね、これで失礼するよ」

ファンサービスはこれでおしまい。踵を返して、畑野の作った隙間から人垣の外に出ていく。少し離れたところから振り返り、ミニブーケを持ったほうの手を振ると、またもファンたちの歓声が湧き起こった。

「松阪さん、こっちこっち」

トランクを転がす畑野は相当なスピードで歩きながら方向を指示してくる。言われるままに早足でついていくと、途中で行き合うひと達の注視やささやきはあったものの、どうにか足を止めることなく駐車場まで行き着いた。

「車を出しますよ。今夜もお疲れさまでした」

「うん。畑野さんもお疲れさま」

グルメ番組のロケが終わり、明日は一日オフの予定だ。畑野は休みを妻サービスに使うつもりで、松阪はひたすら寝ていたかった。

「ここ二カ月ほど、タイトなスケジュールでしたからね。ですが、このあとは少しゆっくりできますよ」

「あ、そうなの?」

最近ずいぶんと仕事が立てこんでいる気がしたが、最盛期にくらべればましなほうだし、マネジャーにいちいち文句をつける習慣も持っていない。ごく単純によかったなと思っていれば、畑野が「その」と言いにくそうに切り出した。

「少しご相談、いいですか？」

「ああいいよ」

「宮森さんがあなたの部屋を訪れたときの話。あれを松阪さんはおぼえていますか？」

「うん、もちろん」

宮森が風由来をスカウトしたこと、また松阪にはテレビドラマのプロデューサーを紹介すると言ったのは、すでに畑野には打ち明けている。

そのとき畑野は――それはずいぶんおおごとですね。ちょっと私の一存では決めかねるので、いったん社長に相談をしてみます――と難しい顔をしていた。

そのあと松阪はスケジュールに追われていたので、ことさらどうなったかとたずねはせず、また本音を言えばこのままうやむやになってくれればと思っていたのだ。

「あの話はまだ生きていて、今回空いたスケジュールは準備期間にするためのものなんです」

「準備って、なんの？」

「役者再開のためのです」

「それは嫌だね。畑野さんは僕が役者をやめたわけを知ってるだろう？　もう一度おなじことはできないよ」

「知っています。わかっています。だけど……宮森さんがぜひにとおっしゃってくださったとき、私は正直揺らいだんです。この業界でもトップクラスのクリエイティブディレクターが、それはもう熱心にあなたの復帰を望んでるんです」

「だから、僕に内緒のままでスケジュールを調整した？」

皮肉っぽく洩らしてすぐに松阪は後悔した。

畑野はいつも松阪のためを思って動いてくれた。今度のことも自分のことを考えてくれればこそだ。

「ごめん。嫌な言いかたをした」

「いえそんな。私のほうこそ勝手なことを」

だけどと畑野は言葉を続ける。

「社長の強い意向もあってあなたのスケジュールを調整こそしましたが、現場に戻るかどうかについては当人次第。そのことは宮森さんにも、うちの社長にも伝えてあります。それだけは絶対に譲らないから、松阪さんははっきりと自分の気持ちが固まるまではこの件を保留にしてていいんです」

畑野は松阪の気持ち次第と言ってくれる。しかし、これはいつかかならず結論を出さねばならない類のものだ。マネジャーの真摯な態度は理解したが、なにぶん事が事だけに「じゃあ考える」と言いたくなかった。

「さっき僕は断ったはずだけど？」

「はい。ですが、あのような断りかたじゃないものを」

ぐっと松阪は返事に詰まり、ややあってからちいさく洩らした。

「保留ってどのくらい？　たとえばずっと、いつまでだって？」

「はい」

「でもそれじゃ、あなたの立場が悪くなるよ」

「私の立場などなにほどのことですか」

きっぱり畑野は言いきった。

「さっき空港にいたファンたちは、松阪絢希が大好きなんです。私もそうだし、ほかのみんなもおなじです。まぶしいくらいに輝いているあなたが見たいだけだから、特に結論を急がなくてもかまいません」

こちらの気持ちをなによりも優先に、畑野はいつまでも待つと言う。松阪は、誠実なマネジャーに感謝の念をおぼえつつ、

「ごめんね、ありがとう。畑野さんはいつだって頼りになるね」

「いやそんな。私なんていつだって力足らずで。でもまあそういうことなので、ここしばらくは風由来くんの手料理でも食べながらゆっくりと過ごしてください」

その言葉で松阪は気になることを思い出した。

「そう言えば、風由来くんの件についてはどうなっているんだろう？　あれからなにも進展はないはずだよね？」

風由来のほうからは格別なにがあったとは聞いていない。ただ、実際はどうなのかわからない。ここのところ仕事が猛烈に忙しく、食事は仕出し弁当を番組撮影の合間に食べ、部屋にはただ寝に帰るだけだった。しかも、ついには移動時間も惜しくなって出先のホテルに泊まりっぱなし。そして、とどめは北海道へのロケである。顧みれば風由来とはこの二カ月間ろくに話もできなかった。

「そうですね。いまのところ具体的なスカウト話はないようですよ。昨日も彼と電話で話をしましたが、特別に変わったことはないそうです」

そのあと畑野は宙を見て「ああしまったな」とひとりごちた。

「風由来くんには松阪さんが戻るのは明日になるかもと伝えてたんです。予定どおり最終便に乗れるかどうかは微妙なところでしたからね。いまからでも電話を入れておきましょうか？」

「いやいいよ。部屋の鍵は持っているし、僕も今夜は寝るだけだから」

風由来のほうがそのつもりでいるのなら、今夜これから戻ると知らせてあわてさせるのも気の毒だ。

「そうですか、わかりました」

無理に連絡をする必要もないことで、畑野も簡単に引き下がる。

そののち松阪が自宅に帰り着いたとき、「ただいま」と声をかけても風由来からの出迎えはなく、部屋全体がしんと静まり返っていた。

「風由来くん……？」

返事がないところをみると、どうやら眠ってしまったらしい。

住みこみになってから、風由来は空き部屋だった奥の部屋を寝室に使っていて、いまはそちらにいるのだろうか？

廊下の電灯を点《つ》けるのは面倒で、リビングからの明かりを頼りにそちらに進む。やはりいないなと通りすがりにキッチンをのぞいてから、視線をめぐらせたその先にうずくまる風由来がいた。

彼はラグマットの上に座り、膝をかかえて壁面の大画面に目を向けている。

「なんだ、テレビを観てたのか」

こちらに背中を向けているし、ヘッドホンをしているから、松阪が帰ってきたと気づかなくても不思議はない。どんな内容かと思った瞬間、画面に自分の姿が映った。

「……あれか」

番組は、十年前に流行《はや》ったドラマで、まだ松阪が新人の役者として活躍中のものだった。

懐かしいと言えばそうだが、想い出にしてしまうにはいまだ生々しい痛みを感じる。

あそこにいるのはかつて俳優であった男。いまは適当な番組で顔繋《かおつな》ぎをしているタレント。

いったいどちらが本当の松阪絢希なのだろう？　それとも——そんなふうに自分自身をジャンル分けしたことがそもそも間違っていたのだろうか？

「風由来くん」

彼の肩にそっと触れると、文字どおり飛びあがるから、こちらのほうも驚いた。

「わっ。ご、ごめん」

それほどびっくりさせるとは思わなかった。目を丸くしてあやまれば、彼がいまだ動揺の残る顔で頭を下げた。

「すみません。帰ってこられたのに気づかずに」

そうしてヘッドホンを外し、リモコンに手を伸ばすから「いいよ」と松阪は制止した。

「思ったよりも撮影が早く終わって、予定どおりのフライトに乗れたんだ。明日帰るかもと伝えていたのはこちらだし、そのＤＶＤも……僕がいいと言ったんだから」

松阪は風由来の隣に腰を下ろした。彼とおなじくラグの上で膝をかかえ、上目がちに画面を眺める。

「これってね、僕が初めて主演したやつ。保存用のは確かテープだったんだけど、ＤＶＤに録画し直していたんだね」

画面から視線を移せば、デッキの前にはＤＶＤのケースが山積みになっていた。

「大学を卒業直後にモデルから役者になって、演技がお話にならないくらい下手だったころ。

だけど一生懸命だったな……」

ドラマは三組の男女が恋愛に悩む話で、初恋あり、片想いあり、浮気ありの、複雑な愛憎が渦巻くシナリオ。松阪は好きな相手には素直になれない役どころで、年上の女に気を惹かれながらも本当は幼馴染《おさななじみ》の女の子に恋をしていた。

「ああ、ここはおぼえてる。僕の好きな女の子と川土手の桜の下でしゃべってるんだ」

ヘッドホンのプラグを挿しこんだままだったので、音声は聴こえない。画面の映像から推し量ってつぶやいた。

「えっと、たしか——昨日あんなに怒ってたのに来てくれたんだ——だったかな。それでそのあとは……」

「あのとき意地悪言ってごめん。あれは本気じゃなかったんだ」

なんだったかと思っていれば、凪由来がすらっと口にした。

「え、きみ……おぼえてるの？」

「はい」

「台詞をぜんぶ？」

まさかと思って聞いたのに、彼はあっさりうなずいた。

「ずっとビデオを観てましたから」

「観てたって……もしかして、おぼえてるのはこれだけじゃなく？」

「はい」

　本気で松阪は驚いた。

「だったらこの次はどう言うの？」

「僕たちずいぶん長いあいだ一緒だったね」

　画面は松阪、声は風由来。そしてぴったりと画像と音声が合っている。

「そうだ。それで、女の子がこう言うんだ——気持ちはそうでもなかったけど？」

　観て、聴いているうちに松阪の記憶がよみがえってきた。

　松阪が相手役の台詞を言えば、風由来がそれに応じてくる。

「確かにきみの言うとおりだ。僕たちの気持ちはかならずしも一緒じゃなかった。だけど、僕は気がついたんだ」

「なにに？」

「僕はきみが大好きだ」

「嘘」

「嘘なもんか」

「……本当に？」

「そうさ、僕はきみが好きだ。きみ以外目に入らない」

　このあと画面では松阪が演じている青年が、女の子の肩を摑んで自分のほうに向かせるはずだ。

本当に風由来はこのドラマの台詞をすべておぼえていて、しかもきちんと情感がこめられている。

「きみ、すごいじゃないか」

不器用な性格の青年は、風由来がこうして演じてみせると、松阪がやったときとはまったく違ったよさがある。ぶるっと震えが走るような感覚はひさしぶりで、

「風由来くんがこんなに……」

褒める声が途中で途切れる。風由来が松阪の肩を摑んできたからだ。

そして姿勢を変えさせられれば、すぐ目の前には青年の真摯な表情。

「意地悪ばかり言っててごめん。だけどずっと本当は……きみのことが好きだった」

このあとキスシーンがあったなと思った瞬間、ぐっと彼に引き寄せられる。

間近に迫る端整な顔立ち。男らしくセクシーで、なのに懸命に訴えかける彼の眸はどこか幼く純粋な心が滲む。

画面では男女がすでにキスしているはず。なのに風由来はぎりぎりでこらえている。いまならやめられる。松阪が嫌がれば、風由来は無理押ししないだろう。なのに、なぜか——松阪はあらがわずに目を閉じた。

「松阪さん……」

彼の吐息が唇に吹きかけられる。そして、やわらかに触れ合う唇。それを感じた瞬間に痺《しび》れるような甘い疼《うず》きが湧きあがった。

「ん……」

風由来は大人のキスを仕かけてはこなかった。互いの唇を合わせるだけの、まるで中学生が初めてするそれのようだ。あるいは軽いたわむれのようなキス。しかし風由来の胸に当てられた手のひらは、彼の心臓の高鳴りを伝えていた。

なぜ彼は自分にキスをしたのだろう?

おなじくらいにドキドキしながら松阪は考える。

そして自分もどうしてキスを許したのか?

松阪が動揺し、戸惑っているうちに、風由来は唇をそっと離すと苦しい顔でうつむいた。

「俺は……あなたにふさわしくない。テレビの向こうであなたはキラキラ輝いていた。俺には絶対手の届かない宝石みたいに……」

「そんなことない、宝石なんてものじゃないよ。僕はもう俳優ですらないんだから」

風由来はちいさく首を振った。

「あんな演技ができるひとが俳優でなくなるなんてあり得ません。あのひとも、あなたの復帰をあんなに望んでいましたし」

「え……?　ああ、そうか。宮森さんか」

理解してつぶやくと、風由来が表情を硬くする。

「俺は、あのひとの話を受けようと思います」

思いがけない風由来の言葉に目を瞠《みは》った。

「受けるって、宮森さんが直接きみにアプローチをしてきたの？」

「いえ。あなたの事務所を通しての伝言があっただけです。その気になればいつでも連絡してくるようにと」

「それできみは、その気になった？」

「はい。俺は上を目指したい。そのためだったらなんでもします」

風由来が業界デビューして、役者を目指したいと言う。

だったら……と松阪は考えた。

さっきのあのキスも、きっと演技だったのだろう。彼は松阪の台詞をすべておぼえこむほど、芝居の役柄にのめりこんでいたのだから。

そして自分も……たぶんそうだ。すっかり役柄にハマりこんだ彼の芝居につられたに違いない。

それゆえキスを許したのだと自分自身を納得させて、松阪は笑顔を作った。

「うん、頑張ってね。僕もできるだけ協力するから」

そんな話をした翌日に、風由来は宮森に連絡を取り、芸能界デビューに向けて動きはじめた。所属事務所は当然の流れとして松阪のいるところとなり、風由来はヘルパーと、俳優との、二重契約を結んだわけだ。

その後、宮森は自分が手ずからスカウトした青年を関係者に引き合わせ、風由来がどのタイミング、どんな仕事で世間に出るのか、最善の構想を練っているということだった。

久々に宮森自身が手がけている大型新人。この業界で風由来の立場はそれであり、関係者の注目度も高いようだ。このまま順当に行くのなら、風由来は華々しいデビューを飾るに違いない。

そのことを喜ばしいと感じる半面、しかし松阪には気がかりの種があった。風由来が世間に対して関心を集めた結果、もしかするとまずいことが起こり得るのではないだろうか？

たとえば風由来を囲っていた女たちはどんな反応をするのだろう。

松阪はしばらく悶々と考えていたあとで、やはりこの件を相談するなら彼女のほかにはいないだろうと心を決めた。

「その。あなたにお会いして話したいことがあるんですが。もし差し支えなかったら、少しお時間をいただけませんか？」

宮森に電話をかけた松阪はそんなふうに聞いてみた。

『ええいいわよ。今晩なら空いているし。あなたのほうはどうかしら？』

「大丈夫です。ありがとうございます。じゃあ場所は」

『あそこがいいでしょ。六本木の』

それで話が決まり、その夜松阪が出向いた先は会員制のクラブだった。ここは業界人がよく使う場所であり、一般客とはべつに専用の出入り口が設けられ、直接ＶＩＰルームへと通じている。

下のフロアは眺められるが、こちらの姿は見られない特殊なガラスが嵌《は》めこまれた個室に入り、松阪は先客に挨拶しながら隣の席に腰かけた。

「遅くなってすみません」

「あら、いいえ。わたしもいま来たところ」

ひさしぶりの宮森は、いつものようにショートヘアにパンツスタイル。アクセサリーはシンプルなネックレスしかつけていないが、さりげなく脇に置かれたバッグはエルメス。対する松阪は、新進気鋭のデザイナーからオーダーしたフランス製のスーツを着ている。

「あなたがわたしを呼び出すなんてめずらしいわね。いよいよ気持ちが固まったの？」

「いえ。申しわけないんですが、今夜はそれとはべつの話で」

「まあいいわ。そっちのほうはおいおいで。それより、なにか飲みなさいよ。わたしもお代わりを頼むから」

この部屋は客が呼ぶまでボーイが部屋に入ってくることはない。宮森が内線でそれぞれのカクテルを注文し「煙草《たばこ》、いいかしら？」と聞いてきた。

「どうぞ」

松阪自身は喫煙しないが、他人の嗜好にはこだわらない。まもなく運ばれてきたグラスを手に下の様子を眺めていたら、宮森がふた口吸った煙草を揉《も》み消してこちらを見やる。

「自分のことじゃないんなら、聞きたいのは風由来くんのことかしら？」

「ええそうです」

「風由来くんのどんなことを知りたいの？」

「その。あなたから見て風由来くんはどうなのかと。この業界でちゃんとやっていけそうですか？」

カシスとシャンパンでつくられた飲み物を口にしてから、宮森は「もちろん」とつぶやいた。

「彼はダイヤの原石よ。しかもこれくらいの大きさの」

彼女は手のひらに余るサイズと示してみせた。

「磨けば磨くほど輝くわ。よくあんなのが埋もれていたって感心するわね」

「彼は言ってみれば、引きこもりに近い生活をしていましたから」

「そうね、知ってるわ。飼い犬と祖父を続けて亡くしたあとは、女の部屋で暮らしてたって」

「そのことなんですが」

松阪は今夜の本題を切り出した。

「風由来くんのその過去は問題になりませんか？」

「たとえばどんな？」

「女がマスコミに風由来くんのヒモ時代をリークするとか」

「してもいいけど、どこの記事にもならないわよ」

宮森は松阪の心配を杞憂《きゆう》と一蹴《いっしゅう》してみせる。

「新人潰《つぶ》しはよっぽどの理由がなくちゃ引き合わないもの。有名人のゴシップほどには購買数に繋がらないのに、関係者から確実に恨まれるしね。それに、その関係者にはわたしも含まれているんだし」

にやっと笑う彼女には、自信ありげな言葉を裏づける実力が確かにある。

「じゃあ、もしも女が風由来くんを直接脅しに来たとしたら？　彼は困るんじゃないでしょうか」

「彼が困る？　あの子はそんなタマじゃないわよ」

一緒に住んでいるのなら、そのへんはわかっているでしょ。そう水を向けられて、松阪はそのとおりかもしれないとうなずいた。

風由来はまだ二十二歳とは思えないほど肝が据わっている青年だ。これまでの過ごしかたにもよるのだろうが、相手のことをじつによく観察し、自分の対応をそれに合わせて決められる。

元々相当客観的で、頭のいい青年なのだ。あれで自身の魅《み》せかたをおぼえたら、どれほど化けることだろう。

そう思えばうれしい反面、しかし松阪は少しばかり心配になってくる。

有名人になったあと、彼はいったいどんな生きかたをするのだろうか？

十五歳で施設を飛び出し、以後も世間への不信と怒りを持ち続けていた彼なのだ。この業界では不当なこともいっぱいあるから、そのとき彼はふたたび傷つきはしないだろうか？　怒りが彼を間違った方向にねじ曲げはしないかと、想像しただけでも落ち着かなくなってくる。

本当に業界デビューすることが彼のためになるのだろうか？　だけど将来のことを思えば、ただのヘルパーでいるよりもずっといいかもしれないし、そもそも本人が望んでの業界入りだ。だからなにも口出しはできないけれど、海千山千《うみせんやません》が集う世界で果たして彼は彼のままでいられるだろうか？

松阪がさまざまな懸念を浮かべていつしか心が沈んでいたとき。

「もしもーし、絢希さん？」

ハッと松阪はわれに返った。どのくらいかはわからないが、隣の彼女の存在をすっかり忘れてしまっていた。

あせって失礼をあやまると、宮森は苦笑しながら煙草を一本パッケージから取り出した。

「べつにいいわよ。だけどあなた、本当に表情が豊かになったわ。前のときにも聞いたけど、誰か好きなひとでもできた？」

前とおなじ質問に、今度も松阪は首を傾げた。

「さあ……心当たりはないようですが」

すると宮森が煙草に火をつけながら呆れた口調で言ってくる。

「あなたって、本当に色恋に疎い男ね。恋愛事に関しては幼稚園レベルかしら」

あからさまに野暮天《やぼてん》だと言明されて、さすがに松阪は反論を試みる。

「ひどいですね。僕だって、女性とつきあった経験くらいありますよ。それはあなたご自身も知っていることでしょう？」

「まあそれはね。なにもあなたが童貞なんて言ってやしないわ。でもね、あなたが恋愛事に鈍いのは確かだわ」

「鈍いって……そうですか？」

不服が面《おもて》に出ていたのか、宮森がクスッと笑う。

「そんな納得できないって顔しない。しかたがないでしょ。あなたって生まれたときから女にモテてきたんですもの。子供のときも、学生しながら読モをやっていたときも、業界デビューしてからのこれまでも、モテなかったことなんてないはずよ」

「まあ、それは」

松阪はしぶしぶ認めた。

「毎日毎日浴びるくらいに女からの関心が集まってたら、いちいち敏感に反応なんてしてられないし。自分のメンタルを守るために鈍感力を無意識に鍛えてても不思議はないでしょ」

「ですが、僕は自分を好きでいてくれるひと達には好意を返してきたつもりで」

「上っ面はね。あらいいじゃない。批難なんてしてないわよ」

松阪の表情から気持ちを読んで宮森が言う。

「あなたに憧れたり賞賛したりする子たちは、いわば偶像に仕える巫女《みこ》みたいなものなんだし。夢を見させることはできても、ひとりひとりと人生をともにするなんてできっこないでしょ」

「それは、確かにそうですね」

応援してくれてありがたいと思っているが、ファンの子たちとどうこうなると考えたことはない。自分に好意を寄せてくれるひと達には、おのれができる精いっぱいのパフォーマンスで返したい。それが自分なりの誠意だと思ってきたのだ。

いまもその気持ちに変わりはないが……それでも自分にも誰かを愛したい気持ちはある。肩ひじ張らずありのままの姿を見せて、それでも相手は幻滅せずに、むしろよりいっそう親身になってくれるような、そんなひとの傍にいたい。そして、自分もおなじ気持ちを捧げたいのだ。

「ねえ、宮森さん」

「なあに？」

「僕も誰かを好きになりたいと思いますよ。そしてそのひとのためになにかしてあげられたらと」

素直な心のままにしみじみとつぶやくと、彼女は驚いた顔をした。

「あなたがそんな顔をして、そんなことを言うなんて。本当に変わったわね」

「そうですね。自分でも不思議ですが、最近なんだかそんな気持ちになるんです。でも……」

「でも？」

「じつのところ、ちょっと自分でも戸惑っているんですよ。なにかこう自分が自分でなくなるみたいで不安だし」

松阪は正直に打ち明けた。宮森はトントンと煙草を叩いて灰を落とすと、

「だけど元には戻れないし、戻りたくない？」

「はい」

いったいなにが自分の心境を変えたのかはわからない。けれども、いまのこの気持ちを大事にしたいと感じている。宮森の言うとおり確かに色事には鈍いのだろうが、自分なりに芽

生えたこの感情を大切にしたいのだ。

「わかったわ。こうなりゃ最後まで見届けるわよ」

宮森は誰にともなくつぶやいて、今度は手にしたカクテルをいっきに呷《あお》る。

「損得抜きで、最後まであなたたちをね」

「あなたたち？」

それは自分と誰だろう？

「もしかして、僕と風由来くんですか？」

どちらもおなじタイミングで、業界入りと俳優復帰の要請をしたからか？

それくらいしか思いつかずにたずねたら、彼女は様になる仕草で両肩をあげてみせた。

「そろそろ帰る時間だわ。風由来くんが待っているわよ。彼、いまだにヘルパーをしてるんでしょう？」

「え、ああ」

聞いたのとは違う応答が返ってきたので、少しばかり面食らいつつうなずいた。

「デビュー前の仕込みだけでも大変なので、事務所のほうではヘルパーをやめたらどうかと勧めているらしいんですが。でも、彼はそっちの仕事も絶対に続けたいと。料理なんかはできるときに作っておいて、冷凍庫にたくさん入れてくれるんですよ。風由来くんは自分で温めさせるのは申しわけないと言うんですけど、僕はまったく平気ですしね。逆にそうやって気を遣ってくれるんだし、僕もせめて皿くらいは食洗機に入れておこうかと」

言うと、宮森は半笑いの顔をした。それからいささかおざなりに「頑張ってね」と言ったあと、ひらひら右手を振ってみせる。

「おやすみなさい、絢希さん。風由来くんにもよろしく言ってね」

退出せよとの彼女の意思を汲《く》み取って、松阪は腰をあげた。

「宮森さん。今夜はありがとうございました。いまはまだ迷っていますが、復帰の件もいずれきちんと心を決めるつもりでいます。最後まで見届けてくださるという、さっきの言葉はすごくうれしかったです。風由来くんをこれからもどうぞよろしくお願いします」

宮森と松阪とは完全に対等ではないのだろうが、それでも自分は彼女に好意と友情とを感じている。宮森は向かい風にも胸を張って前に進む勇気があり、潔く、情に篤《あつ》い、すごく格好いい女なのだ。

「よかったら自宅のほうにもまた飲みに来てください。宮森さんの好みそうないいワインを揃《そろ》えておきます」

そうして個室の戸口まで行ったとき、自分を呼びとめる声が聞こえる。

「絢希さん」

「はい?」

「いまのあなたがわたしは好きよ。わたしはあなたが友達でよかったと思っているわ」

宮森とそんな会話をしてから二カ月。その後、風由来はいよいよ業界デビューを果たした。まずはスポーツ飲料のＣＭで注目を浴び、ドラマは台詞がひと言ふた言の端役ながらもいくつかに出演し、さらにはジーンズブランドのポスターモデルにも起用された。

スポーツ飲料を手にして緑の高原を駆けていく映像は鮮烈な爽やかさを視聴者にアピールし、廃墟の中に破れたジーンズを穿いて立ち、翳《かげ》りある目でこちらを見つめる姿には、野生の強さと現代若者のナイーブなあやうさとがあますところなく表われていた。

芸名は名字なしの風由来で、事務所の社長と相談したとき、本人が実名のままでいいと言ったからだ。

――松阪さんはそのままですよね？　だったら俺もそれがいいです。

そんなことを風由来が言ったと畑野からのちに聞き、松阪はずいぶんとくすぐったい思いをしたものだった。

――僕のほうはたんなる流れだったんだけど。

松阪の出だしは読モだったので、あえて芸名をつけるほどでもないと思い、しかし事務所に入るときにはすでにアヤショーで認知度があがっていて、社長が本名の継続を勧《すす》めたのだ。

ともあれ風由来も業界人になったわけで、過密になりつつあるスケジュールではこれまで同様松阪の世話をするのには無理がある。

風由来はずいぶん渋ったものの、結局松阪に迷惑をかけるのは不本意と、おとついから掃除と洗濯をしてくれるヘルパーが入るようになっていた。

「すみません、遅くなって」

風由来は外での仕事が終わるとダッシュでここに帰ってくる。リビングのソファに寝そべっていた松阪をみとめるなり、大股で近寄って膝をつき「すぐに食事の支度をします」と言ってきた。

「いい。いらない」

松阪は風由来を見ずにそう言った。彼は対応に困ったのか、すぐには次の言葉を出さない。天井を意味もなく眺めている松阪の横顔を見ていたあとで「あのですね」とつぶやいた。

「今日なにか嫌なことがありました？」

「べつになにも。嫌なことなんてなかったし」

普通に言おうと思ったのに、声に不満が滲んでしまった。

「そう言わずに教えてください。俺がなにかしたのならあらためますから」

「……風由来くんのせいじゃない」

「だったら、なんです？」

逆立った猫の毛を撫でるような口調だった。

「誰が松阪さんを嫌な目に遭わせたんです？」

「それは……違うよ。誰がじゃなくて、僕がいけなかったんだ」

松阪はくるりと風由来に背を向けた。

「昼の食器を……」

「食器を？」

「洗っておこうと思ったんだ。なのに、気づいたらヘルパーさんが洗ってて。それはありがたいんだけど、僕としてはなにかこう……」

皿ひとつ洗えない自分の駄目さが情けないやら腹が立つやら。

「それで拗ねていたんですか？」

からかうような台詞だが、彼の響きはやさしかった。

「拗ねてない。そういうのじゃないんだから」

あくまで言い張ると、彼はすんなりそれをみとめた。

「そうですね、違います。拗ねているわけじゃなく、ただ残念に感じてくれただけですね。俺の手助けができなくて」

肩を反らして顔だけで振り向くと、彼は真摯な面持《おもも》ちで松阪を見つめ返す。

「なんでわかった？」

「松阪さんならどう思うかと」

ころんと松阪は彼のほうに寝返った。

「ごめんね、風由来くん。きみが帰ってきてくれたのに、嫌な態度で悪かった」

たぶん、風由来とすれ違いの毎日でフラストレーションがたまっていたかもしれなかった。いい歳をしてこんなふうにごねるのは恥ずかしいことなのに。しかし風由来は大真面目に首を振る。

「あやまる必要なんてないです。松阪さんはいつだって自由にしてていいんですから。なんであろうと俺にはしたいことをして、思ったことを言ってくれる、それが俺の望みです」

「そう？」

「はい」

「じゃあこれからも言うようにする」

「ありがとうございます」

にこりと笑う風由来は今夜も男前で格好いい。

以前と違い、いまは専門家の手によってスタイリングされている彼の髪は、もともと秀でていた顔立ちをさらに引き立てている。襟回りがよれてしまったTシャツではなく、質のいいカットソーにショートジャケットを羽織った姿は、今年のベストジーニストに選ばれてもおかしくなかった。

「きみのファンがもしもこういう場面を見たら、うらやましくてたまらなくなるかもね」

「こういう場面とは？」

「だから、きみが騎士みたいにひざまずいているところ」

つい正直な感想を洩らしたら、風由来は視線をくるりと回した。

「それを言うなら、松阪さんのファンのほうが騒ぎ立てると思いますよ。いまみたいに色っぽくソファに横たわっているのを見れば」

「そんなことは、ないと思うよ」

にわかに気恥ずかしくなってきて、もそもそとソファの座面に起き直る。すると、風由来は高いところに咲いている花を仰ぐまなざしで松阪を見つめてきた。

「そうですよ。この業界に入って、いまさらながらわかりましたが、松阪さんには熱狂的なファンがたくさんいますから。当然ですが、俺なんかは足元にもおよびません」

「ううん。きみだって、ファンクラブができたばっかりだっていうのに、もうすごい会員数になってるって。畑野さんから聞いたんだ。出待ちも規制をかけるほどだし、オフィシャルサイトも大反響なんだって」

「いいえ、松阪さんのも……」

言いさして、風由来がふっと笑みを洩らす。それにつられて松阪も頬を緩ませ、しばらくふたりで顔を見合わせて笑ってしまった。

「変な話になっちゃったね」

「そうですね。……ところで松阪さん、本当に腹は空いてないんですか？」

「んっと、どうだろう。今日は一日ごろごろしてたしあまり食欲はないんだけど、ちょっとなにか飲みたい気分」

「じゃあ、ハイボールはどうでしょう？」

うなずくと、風由来が手早く希望の飲み物を作ってくれた。つまみにはひと口サイズにカットしたクリームチーズのサンドイッチ。

「これなら食べられそうですか？」

「うん、大丈夫。ありがとう」

風由来がかけたボサノバをＢＧＭに、いつものようにおだやかな時間が流れる。彼からつれづれに今日の出来事を聞いていれば、以前受けていたオーディションに合格したと教えてくれた。

「本当に⁉　すごいじゃないか」

台本はもらったかとたずねたら、彼は仕事に持っていくバッグからそれを取り出してこちらに渡す。手に取った台本をぱらぱらとめくってみれば、台詞の一部にラインが引かれ、漢字にはふりがながが振ってあった。

「これ、しるしをつけたのがきみのだろう？　確かヒロインの弟役だったよね？」

この作品は人気漫画のドラマ化で、過疎の村の獣医として、また災害救助犬訓練士として働く彼女の半生を追ったものだ。

村人たちとの温かい交流や、実らなかったが純粋な恋心、またいちばんの見どころとして地震の被災地に赴く彼女と救助犬との活躍が描かれている。

以前に聞いていた内容を思い出して風由来に言うと、彼はそうですとうなずいた。

「いいポジションの、おいしい役だね」

「畑野さんもそんなふうに言ってました」

畑野は現在、松阪と風由来のマネジャーを兼務している。松阪と住むところがおなじなうえに、風由来はまだ新人で、いずれべつのマネジャーをつけるとしても、気心がすでに知れたベテランの畑野のほうがやりやすいと事務所が判断したからだ。

「それで、あの。もし面倒でなかったら、松阪さんからなにかアドバイスをいただいてもいいですか？」

「僕が？」

「はい。松阪さんがお嫌でなければ」

「嫌じゃないよ。前にも言ったろ。僕が役者に戻るかどうかはべつとして、きみと演技の話をするのはかまわないって」

俳優再開をためらっているのは事実。けれどもそれはそれとして、演技について風由来とあれこれ意見を交わし合うことはただ純粋に楽しかった。

「まあ、すでにきみには専任のチームがついているからね。僕がするアドバイスはたかが知れているだろうけど」

宮森の肝いりということもあり、風由来がデビューするに当たって、事務所側はかなり力を入れている。ヘアメイクやスタイリストには実力派のスタッフを呼び、発声や演技指導には専門のコーチをつけ、ベテランマネジャー畑野がこの業界の流れやしきたりを教えこむ。そうして日々磨かれていく風由来に、自分がなんのアドバイスをすることがあるだろう。

「どんなひとより、松阪さんのアドバイスがためになります」

しかし、風由来はきっぱりと言いきった。

「前にも演技の心得をあなたは教えてくれましたよね。ああいう話をしてくれませんか？」

「前にって……ああそうか」

風由来が端役をもらうと決まって、松阪が指導の真似事をしてみたのだ。

「視点をどう考えるかの話だったね」

舞台の上にひとりでいるとき。相手役が存在するとき。それを見ている第三の演技者が控えているとき。それらの違いを説明したことがあった。

「あと、あなたは俺に怒っているときのジェスチャーをさせ、それは表現ではないのだと」

「うん。そうだった」

あのとき風由来は両方の拳を握り、身体を硬くし、目に強い光を宿した。しかし、それはたんなる風由来の癖に過ぎないと言ったのだ。

怒りを表現するのには数多くのパターンがある。演じるときは、役の流れに沿ってその分類のなかからもっとも適切な表現を選び出すことが必要だ。

そして、そこまでは頭で考えて作ること。その表わしかたに自分自身の感情が乗らなければ、それは嘘になってしまうと。

「考えることと、感じることを高い次元で同時に交わらせる、それがプロの役者だと言ったんだっけ」

「はい。すべての演技のおおもとは自分の頭と自分の気持ちから出ているとも」

松阪はひとつうなずき、ソファからすべり下りた。

「じゃあね、今晩は自分の気持ち、感情のコントロールをやってみようか？」

横並びにラグの上に寝転んで、手を繫ごうと松阪は言う。

「それで、いままででいちばん強く感じたことを語り合うんだ。こういうのをこれまでにしたことある？」

「いえ、まだです」

「思い出して、それが最高値とおぼえたら、いまの演技では何パーセントと調整できるようになる。これも演技指導のメソッドのひとつにあるよ」

松阪は、僕も誰かとしてみるのは初めてだと打ち明けた。自分が指導を受けたとき、すでにスケジュールがめいっぱい押していて、そのあたりは自己レッスンの内容を報告して提言をもらったのだ。

「目をつぶってね。いままででいちばん自分がうれしかったことを言う。最初は僕が先にするね」

松阪は目蓋《まぶた》を閉じて、過去の出来事に気持ちを添わせた。

「いちばんうれしかったのはこの業界に入ってから。新人男優賞にノミネートされて、それを獲得したときだ。その日、ものすごくドキドキしながら会場にいたことも、司会から名前をよばれて、一瞬頭のなかが真っ白になったこともおぼえてる。そのあと壇上にあがってみんなから祝福されて……ほんとにうれしくて、晴れがましかった」

思い出せば、いまでも胸に喜びが満ちてくる。知らず微笑みながら、松阪は「きみは？」とたずねた。

「俺はあなたがこの部屋で、住みこみのヘルパーをしてくれないかと言ったときです。俺みたいな底辺の人間がいいのかと迷いましたが、あなたは俺に——きみが僕を甘やかして、それなしではいられなくしたんだからね。きみには責任があるんだから、もっといっぱい面倒を見て——そう言ってくれたんです。そんなふうに求められたのは初めてで、どうしていいかわからなくて、これまでの自分の生きかたをすべてを捨ててもあなたに尽くしたいと思った。あのときの感動はいまでも鮮明に心のなかに残っています」

思いがけない告白だった。あの折松阪は風邪気味で、ぼうっとしがちで、だけど風由来が——畑野さんがいいと言ったら——と前置きつきで承知してくれ、心からほっとしたのをおぼえている。それに、呟きこむ自分の背中をさすってくれた、彼の温かい手の感触も。

「うん。僕も、きみが承知してくれてうれしかった」

華やかな芸能界でデビューを飾って、しかし少しも歪《ゆが》まない風由来の真情。松阪は胸にしみじみした情感をおぼえながら、

「じゃあ次はきみからね。いままでいちばんくやしい思いをしたのはどんなこと？」

底辺と彼が言う生活を余儀なくされて、そのあいだにはずいぶんと嫌な思いもしただろう。実際、松阪が風由来と最初に会った晩、勤めていたキャバレーの店長に濡れ衣《ぎぬ》を着せられて殴られていた。もしかするとそれかもしれないと思ったが、風由来は松阪が予想もしないことを言う。

「あなたが出演していた作品の数々を観たときです」

「僕の？」

「はい。画面の向こうで、あなたはまぶしく輝いていた。俺には絶対手の届かない高いところで。この部屋にいるときは少しは近いと感じていたのに、それがまったくの錯覚だったとあのとき思い知らされた。あなたは万人に望まれて光り輝き、それに引き換え俺にはなにひ

とつない。そんな自分がくやしくて、歯痒《はがゆ》くて、俺はこれまでにないくらい自分の無力さが憎いと思った」

独白だからか、風由来は素に近い言葉でしゃべっているようだ。そしてそのせいで、よけいに彼の気持ちが強く刺さってくる。

自分が輝いているかはともかく、望んだ現実に手が届かない絶望感は松阪にも嫌というほど理解できた。

「うん。その気持ち、僕にもわかる気がするよ」

きみならきっとそのくやしさをバネにして高みに行ける。そう言う代わりに、松阪は握った手に力をこめる。と、風由来もぎゅっとその手を握り返してきた。

「じゃあ、次は僕が話すね」

言ったものの、すぐには言葉が出てこない。思い出すと、胃のあたりがきゅっと縮む感覚がした。

「松阪さん?」

訝しく名を呼ばれ、ようやく松阪は語りはじめる。

「僕がいちばんくやしいと感じたのは、テレビドラマの撮影現場にいたときだ。あのとき僕は混乱していて、まともに演技ができる状態じゃなかったんだ。でもそれは外から見たらただの言いわけ。僕は大根で、やる気のない、駄目役者だったんだから」

「そんな。だけどそんなのは嘘っぱちです。俺はあなたが出ていた作品を観たんです。どの作品も、あなたはその役を本当に生きていた。そんなあなたが大根なんてあり得ない」

「だけど、あのころ僕が駄目だったのは本当なんだ。映画の興行が大コケで戦犯探しがはじまったとき、槍玉《やりだま》にあがったのが僕だった。いままでのイメージとまったく違う役をやって、僕が悪目立ちしたんだと。マスコミは僕を叩き、公式ブログにもひどい書きこみがいっぱいあった」

「そんなことが……」

「うん。弱った相手を餌食《えじき》にするのがこの業界の習いだからね。グルーピーとしょっちゅう乱交パーティをしてるとか、人妻好みで次々食い物にしてるだの、監督の奥さんにまで手を出して、それで撮影が険悪になっただの、好き勝手にゴシップを書かれたよ」

——松阪が我儘のかぎりを尽くし、それでほかの出演者も演技のペースを崩された。最後のほうでは悪い意味で役者たちがピリピリしていて、それが演技に響いたのだ——そんな記事も載せられたが、実際に我儘だったのは松阪ではなく、むしろ主演女優だった。

しかし松阪叩きの波のなか、そんな反論が世間に通じるわけもない。道を歩けば『あのアヤショー』という目で見られ、ひそひそとささやかれ、なかには面と向かって悪口をぶつけてくる者もいた。それについ言い返したら『路上で一般人に逆ギレ』のタイトルをつけられて、さらに中傷を浴びせられる羽目になった。

なにをやっても裏目に出る時期というのは、あのときのことかもしれない。いくら有能な畑野でも松阪が陥った負のスパイラルを抑えきれず、やがて共演者も、番組スタッフも、冷ややかな目で松阪を見るようになっていた。

「だけど、他人のせいじゃない。僕に本物の強さが足りなかったんだ。気持ちがまずくじけてしまって、しだいに演技がぼろぼろになり、それでますます手抜きだの大根だのと批難される。そんなマイナスのループから抜けられなくなっていた。そのうち眠ったら起きられなくなり、だから寝ないでいようとして、さらに演技が駄目になる。あのころの僕はもう操り人形みたいだった。切れかけの糸でふらふら揺れるだけの人形で、また絶対に失敗すると怯えてたから、現場に行くのが恐ろしかった」

「松阪さん……」

痛ましいと言わんばかりの響きを聞いて、しかし松阪はかすかな笑みを浮かべてみせた。

「いいんだよ。とっくに終わったことだしね。で、当時出ていたドラマの撮影に僕は大遅刻で顔を出した。畑野さんの目を晦《くら》まして現場から逃げようとして、だけどそれでもやっぱりスタジオに行かずにはいられなかった。そのとき、主演の役者から言われたんだ――ああ来たな、いいことだ。仕事があるうちは仕事場に行っとけ――って」

「それ、おぼえてます――役者ってえのは、声をかけてもらってるうちが華なんだ。役者は見られてなんぼだから、なにがあってもライトの下に行っとけ――って、あなたはそのひとからそう聞いたんでしたよね？」

「そうだけど、きみはよくおぼえていたね。それをきみに言ったのはずいぶん前の話なのに」

「あなたが尊敬するという役者の言葉でしたから。俺も記憶に刻んでおこうと思ったんです」

それでそのあとどうなりましたと風由来が聞く。苦い顔で松阪は「なにも」答えた。

「結局どうにもならなかった。撮影が始まってすぐ僕は倒れた。気がついたら病院で、そのドラマは七回で打ち切られた。僕は声が出なくなって、元に戻るまで半年かかった」

「………」

「せっかく励ましてもらったのに、僕は無様な真似をして役をまっとうできなかった。あれがいちばん僕のくやしい思い出だ」

風由来はしばらく黙っていたあと、ぽつりと言った。

「宮森さんはそのころどうしてたんですか？」

「宮森さん？」

意外なひとの名を聞いて、松阪は不思議に思った。この流れでどうして彼女が出てくるのだ？

「さあ？　あのひとはどうしてたのかな。あのあたりではお互い会っていなかったし」

「恋人なのに？」

「えっ」と松阪は驚いた。

「それは違うよ。確かにあのひとには売り出しのころ世話になっていたけどね。いまは完全にいい友人だよ」

　恋人うんぬんは風由来のまったくの誤解だが、彼には宮森に押し倒された場面を見られてもいたわけで、それも無理はないのかもしれなかった。

「本当に恋人じゃないんですか？」

「うん、もちろん」

　断言すると、風由来はほうっと息をついた。

「……そのころのあなたの傍に俺がいられればよかったのに。思ってもしかたのないことですが、本気でそう思います」

　風由来はいかにもくやしそうな口ぶりだった。

　もしもあのときこの青年がいてくれたら……そう思ったらなんだか泣きそうになってしまって、松阪は急いで次の課題を振った。

「それじゃ、今度はいちばん哀しかったこと。僕は……そうだね、中学校の卒業式のときかもしれない」

　昔の記憶を探りながら松阪はつぶやいた。

「式が終わって、いろんなひとから声をかけられたり、携帯写真を撮られたり。僕は都内にあるべつの私立高校に行くことが決まってて、中学校で別れる友人も多かったんだ」

「松阪さんなら、たくさんのひと達に別れを惜しまれたでしょうね」

「うん、まあそうかもなんだけど、そうじゃない相手もいた」

「それは？」

「僕の親友、というか、親友だと僕が勝手に思っていた相手かな」

風由来は黙って次の言葉を待っている。松阪は、晴れていて風の冷たいあの日の情景をよみがえらせた。

「みんなと手を振って別れたあとで、僕は彼と校門を出た。彼とは学校が別れたけど、このあとも一緒に遊べると思ってたしね。だけど、そうじゃなかったんだ」

気持ちを落ち着かせるために、ひとつ深呼吸して話を続ける。

「校門を出たとたん、彼は僕に言ったんだ――ボクはおまえが嫌いだった。いつもいい気になりやがって。おまえなんか死ねばいい――って」

「それは……」

風由来が言いさして絶句する。松阪は苦い笑いを頰に浮かべた。

「お互い子供だったんだ。僕は相手の態度の裏を察することができなかったし、向こうも僕が嫌いなことを小出しにせずにためこんだ。いまはもう想い出のひとコマに過ぎないけれど、子供だったし心の準備もなかったしで、家に帰って大泣きした」

その相手が好きだったぶん、よけいに哀しい気持ちになった。あれ以後も哀しい思いはしたけれど、大事なものをなくしてしまった哀しみは無防備だったあのときがいちばんのような気がする。

「どっちにしても昔話だ」

そう言って気分を切り替え「それで、きみは？」と風由来に聞いた。

「俺は……チビと、そのあとジイちゃんが死んだことです。チビはジイちゃんと川土手に埋めてやったし、ジイちゃんは死ぬ前に病院の職員に頼んだみたいで、北のほうにある先祖の墓に納められる手はずが整っていたんです」

風由来は淡々とした抑揚でそれを話した。

「チビを埋めたのは天気のいい日で、あいつの好きな菜の花の近くにしました。あいつがほんとにチビだったころ、菜の花を嗅いでいたら、チョウチョが鼻先にとまったなって、ジイちゃんと言い合いながら」

「うん……」

「ジイちゃんの墓の場所は山の中で、だけど思っていたよりもずっと綺麗なところでした。紅葉で山が真っ赤に染まってて。ジイちゃんの墓の脇には名前の知らない木があって、風が吹くたびに枝が揺れ、ずっと靴先を見つめてた俺の上にも、ジイちゃんの眠る場所にも、ちいさな白い花びらが途切れることなく落ちてきました」

「うん……」

普通に言ったつもりだったが声で気づかれたのだろう、風由来が一拍置いたあと、ごく低くささやいた。

「泣かないでください」

「泣いてない」

松阪は無理して平気な調子で返した。

「いちばん哀しいきみが泣いていないのに、僕が泣くわけにはいかないもの」

強がりでそう言うと、彼は「はい」と素直に応じた。それからややあって、

「松阪さん」

「うん？」

「いつかでいいので、俺と一緒にジイちゃんの墓がある場所に行ってくれませんか。ちいさいけれどほんとに可愛い花なので、あなたに見てもらいたいんです」

「うん、行くよ。きみと行く」

こらえきれなくて涙がひと筋流れたけれど、それはきっと風由来には見えないからいいことにする。

「ありがとうございます」

情感のこもる声を寄越してから、風由来は自らの気持ちを切り替えるようにすうっと息を吸いこんだ。

「じゃあ次はなんでしょう？」

「あ。えっと。次はね、いままでいちばん楽しかったこと」

「ああ。それなら絶対決まっています」

明るい響きを戻した彼に、おなじく松阪もトーンをあげる。

「それって、なに？」

「この部屋で松阪さんの世話をさせてもらえたことです。あなたの食べ物の好みをおぼえ、あなたが好まない事柄を知り、あなたの表情から体調や気分を察して工夫する。ただ俺がこうだと思って動いても、あなたはそのときどきで気持ちを変えてしまうから、空振りに終わることもちょくちょくあって。だけど、ぴったりはまったときにあなたの機嫌がよさそうな様子を見れば、よかったなって思います」

「……ごめん。気まぐれな我儘男で」

恥じ入って、松阪はあやまった。彼の気遣いは知っていたが、そんなに苦労をさせているとは思わなかった。

「いや、こっちこそすみません。あやまらせるつもりはなくて、俺はすごく楽しいって伝えたかっただけなんです」

あわてたふうに早口で風由来が言った。

「あなたがこの部屋でくつろいでいて、食べたり、しゃべったり、笑ったり。そんなところを見ていられるのが最高に楽しいんです。たまにあなたが遠いなと思うこともあるんですが、いつのまにかごく近くから俺をじっと見つめてて、そんなときは落ち着かないけどむちゃくちゃにうれしいです。今日もこうやってあなたと手を繋いで話ができて。俺はいまがいちばん楽しいと思います」

「うん。僕もいまがいちばん楽しい」

風由来のことを聞かせてもらい、自分の体験も彼に話し、ふたりで気持ちを分け合ってここにいる。

すごく楽しくて貴重なひととき。この時間が好き、この場所が好き。そう松阪はしみじみ思う。

いまは実際には夜だけれど、まるで陽だまりでぬくぬくくつろぐ猫みたいな気分になれる。こうして隣に風由来がいてくれるから、自分は幸せな気持ちでいられる。

「風由来くん」

なにを言おうと思ったかわからない。ただ風由来のことが慕わしかった。その気持ちのまま彼のほうに顔を向けて目蓋を開けたら――。

「……っ」

瞬間、心臓が跳ねあがった。

風由来は真剣な表情でこちらを見ていた。

バチッと音がするほどのいきおいで視線がぶつかる。

痺れて固まると、風由来がゆっくりこちらに腕を伸ばしてきた。

「ふゆ……っ」

伸びた腕に抱きこまれ、姿勢を変えた風由来が覆いかぶさってくる。

あっと思う暇もなく唇が重なって、松阪の体温がいっきにあがる。

「ん……っ」

前に交わした触れ合うだけの口づけとはまったく違う。唇を吸われ、食《は》まれ、知らずひらいた歯の隙間から風由来の舌が入りこむ。

口の上と頬の裏を彼の舌で撫でられて、歯のかたちも一本ずつ舌先で確かめられる。

ねっとりと濃密な口づけは風由来の歳ではあり得ないほど爛熟《らんじゅく》したものだった。

「んっ……んぅ……っ」

風由来が普段はまったく性的な雰囲気を見せないから。前のときに子供っぽいキスをしたから。そのために松阪はいつしか彼を純朴な青年だと思いこんだ。

けれども自分にほどこされるこのキスは、女との情交に慣れきった男のものだ。

セックスの前戯として女を蕩《とろ》かせるいやらしいキス。

「んっ、んんっ」

嫌だ、と思った。風由来が寝てきた女たちにするように自分にキスをしないで欲しい。彼の肩に手をついて突っぱって、しかしその腕を摑まれてラグの上に押しつけられる。

「ふゆ……ん、あ……っ」

彼に押さえつけられたのは初めてだ。こんなに荒々しい仕草などされたことは一度もなかった。自分に跨り覆いかぶさる男の身体を自分は初めて脅威に感じる。

「ん……ふ、あっ……ふぅ」

胸がちりちりと焦げついて、怖くもあって。なのに――このキスに痺れてしまう。身体が蕩けて熱くなる。

気持ちと肉体がばらばらになり、あらがうことも縋《すが》りつくこともできないままに濃艶《のうえん》なキスに翻弄《ほんろう》されていたら、風由来がふっと動きを止めた。

「……すみません」

吐息がかかる距離から見つめる男の顔は苦しげに歪んでいた。

「こんなことをすべきじゃなかった。俺は……俺にはそんな資格がないのに」

自嘲にまみれてひずんだ響き。

どうして自分にキスをしてそんなことを言うのだろう？

「風由来くん……？」

答を欲して見つめたが、風由来は視線を逸らすなり身体を起こした。そうしてもう一度謝罪の言葉を落としたあとで、奥の部屋に向かっていく。

まもなくパタンとドアの音が聞こえてきて、松阪は茫然と天井を視野に映した。

「どうして……?」

つぶやきに応じる者は誰もいない。ただ激しい口づけの残り火だけが、たった独りで横たわる松阪の身の内にくすぶっていた。


風由来《ふゆき》はどうしてキスをしたのか? そしてなぜそののちにあやまったのか?

松阪《まつさか》はいまだにその答を知らない。

翌朝目覚めたら風由来はすでに出かけていて、増えた料理のコンテナだけが冷凍庫で待っていた。

「風由来くんて、最近めちゃくちゃ忙しいみたいだね」

レギュラー番組の収録に向かう途中で、松阪が畑野《はたの》に言えば「それはもう」と運転席から大きなうなずきが返ってくる。

「松阪さんにもおぼえがあることでしょう?」

そう言われればなるほどと思うしかない。

松阪が売り出し中で人気が爆あがりしているときは、まさに殺人的なスケジュールが組まれていた。各種商品のCM、番組のプロモビデオ、官公庁のポスター協力、ドラマとバラエティ系番組を複数かけ持ち、合間に関係者への挨拶回り。芝居と、歌と、踊りと、乗馬と、殺陣《たて》の稽古。もらった役を摑《つか》むためのイメトレと資料の読みこみ。

分刻みのスケジュールでもひとつひとつに精神集中が必要で、寝る間はよくて三時間。それも出番待ちや移動時間を使ってのことだった。

「あのね。風由来くんに料理はもう作らなくてもいいからって、畑野さんから伝えてくれる？彼、明け方に帰ってきて、寝ないで料理を作ってから出かけていくんだ」

身体《からだ》が心配だからと言うと、畑野も同意の仕草をする。

「最初にヘルパーの契約をしましたからね、いままでもその責任を果たさなくちゃと思うんでしょう。だけど、いまは俳優業をこなすだけでも大変かと」

「だよね。畑野さん、誰でもいいから料理のできるヘルパーを雇ってよ。僕はもう我儘《わがまま》言わずになんでもきちんと食べるから」

「そうですねえ。松阪さんがそんなふうに考えてくださるのなら、ヘルパーの手配もしますし、風由来くんにもこちらから話してみますよ」

「うん、お願い」

いくらもやもやしているとはいえ、風由来の大変さはわかるから、彼に負担はかけたくなかった。時間も、そして気持ちの上でも。

本当はあれからもあのときの風由来の心情を知りたいと思っていたが、自嘲《じちょう》と後悔にひずんだ彼の表情がよみがえれば、あえてその話題を蒸し返すのもためらわれる。風由来のほうからもそれに触れることはなく、ごくまれに出かける直前の彼に会っても、

——元気ですか？　ちゃんと食べていますか？　ここのところばたばたしていてすみません。

そんなふうにこちらを気遣う台詞《せりふ》や謝罪しか置いていかない。

そして彼からそう言われれば、松阪もまた——うん元気だよ。ちゃんと食べてる。気にせず仕事頑張って——くらいしか返事が思いつかなかった。

だから、彼に直接聞くことはできないけれど……やはり折々には考えてしまうのだ。

風由来はどうして松阪にキスをして、あやまったのか？

それに自分にはそんな資格がないのにと言ったのには、いったいどんな意味がある？

前に松阪は高みにいる存在で、自分は底辺の人間だと洩《も》らしていたから、そのあたりと関係があるのだろうか？　しかし風由来はすでに売れっ子の俳優なのだし……それとも、まだ足りないと考えるなにかが潜んでいるのだろうか？

彼に質《ただ》すこともできずに、あれこれと推測しても決め手はない。そうしていつしか多少は時間に余裕のあった時期は過ぎ、松阪もまたスケジュールに追われる日々が戻っていた。

「ねえ、畑野さん。今夜は何時に帰れそう？」

「このあとBスタで撮影がありますから、だいたい午前二時くらいかと」

「風由来くんは？」

「えっと、どうでしょう。彼のマネジャーに聞いてみますか？」

「ううん、いい。たぶん今夜も帰ってこないだろうしね」

風由来のほうもドラマのヒロインの弟役が視聴者の心を捉《とら》え、爆発的に知名度があがってきている。畑野に聞けば、ファンクラブの会員数はうなぎのぼり。マスコミの媒体で風由来を見ない日は一日もなく、公式サイトで初イベントが開催されたときには五分でサーバーが落ちたらしい。マネジャーも畑野の兼務では間に合わず、べつの人間に替えていたし、群がるファンを制止するのに臨時で事務所のスタッフを駆り出してもいるようだ。

そうして互いがマスコミに身を置いて多忙な毎日を過ごしていれば、月日は光の速さで流れる。

いつの間にか風由来がデビューして一年ほどが経《た》っていて、すれ違いばかりが重なっていく日々のなか、松阪はある晩彼とキッチンで出くわした。

「あ……今晩は」

偶然会ったと思うのも、彼にした挨拶もおかしなものだが、いつのまにかそれくらいの距離感が生まれていた。

「今晩は」と風由来は返してこなかった。黙ってこちらを見つめたあとで、なにか言いかけて口を閉ざす。

「なに……？」

「あ、いえ。なんでも」

「そう？」

ぎくしゃくしたやりとりだった。妙に落ち着かない気まずい空気が松阪を哀《かな》しくさせる。あんなにも彼の隣でくつろいだ気持ちでいたのに、いまはもう見知らぬ誰かを眺めるようだ。なんとなく足元に視線を落とせば、彼が「その」とばつが悪そうに切り出した。

「あなたのお世話ができなくてすみません。料理もいまは作れなくて」

「ううん。それはかまわないよ。僕のほうから畑野さんに言ったんだし」

あらためて見てみれば、しばらく会っていないうちに風由来はさらに磨かれていた。外見も雰囲気も垢抜《あかぬ》けて、以前に増してオーラを感じる。本当に格好よくなったなとまぶしさをおぼえるが、それには同量の寂しさも交じっていた。

「今度の映画は準主役なんだって？　ロケも多いみたいだし、大変だろう？」

こんな会話は昔楽屋でよく共演者としたものだった。

次は舞台？　きみはドラマ？　頑張ってね。ありがとう。

同業者と互いを励まし合う一過性のやり取りだ。

「もう行くんだろ？　身体に気をつけて頑張って」

努力して笑顔で告げると、風由来の脇をすり抜けて、ワインクーラーの前でしゃがむ。ワインが飲みたいとは思わなかったが、こうしていればそのうち風由来は出かけるだろう。

「松阪さん」

しかし、彼は部屋を出ようとしなかった。振り仰げば思い詰めた表情の青年が立っていて、とたんこらえ性のない心臓がドキンと跳ねる。

「あなたに聞いてほしいことがあるんですが」

少しだけいいですかとたずねられ、松阪はうつむいて「いいよ」と言った。

「なにか一杯飲んでからね」

たぶん、この部屋を去るという話なのかもしれなかった。実質、風由来があえてここにいるメリットなどなく、都心のマンションを借りたほうがよほど便利だ。

ふたりのあいだで、いまはもうほかに話題もないのだしと考えれば、背中のあたりが寒くなる。ワインよりももっと強い酒をと思って、キャビネットのところに行けば、風由来が扉をひらく手に手のひらを添えてきた。

「俺がやります」

手の甲に彼の熱量を感じた瞬間、松阪はびくっと震えた。風由来はぱっと手を離し、謝罪の言葉を口にする。

「いいんだ。ごめん。ちょっと……僕はソファで待っているね」

ぎこちなく言い置くと、松阪はかつての定位置である場所に座る。ほどなくやってきた風由来からジンフィズのグラスを受け取り、ともかくひと口飲もうとして、自分の面前《めんぜん》で膝をついた風由来に気づく。

「あの……そんなことしなくていいよ。きみはもうヘルパーじゃないんだし」

こうやって傍《そば》に控えた風由来から給仕してもらったのは、すでに過去の出来事だ。

いつも松阪から目を離さない風由来から丁寧に甘やかしてもらったけれど、あれらはもう終わったこと。いまは……ふたりの関係はなんなのだろう？　元ヘルパーと雇い主か、売れっ子俳優と元役者？　それとも……。

「松阪さんにお願いがあるんです」

胸の痛みをおぼえながらグラスの氷を見ていたら、低い声が聞こえてきた。

「え……なに？」

「俺のことをクビにしないで欲しいんです」

思いがけない彼の台詞にきょとんと見返す。風由来の表情に冗談の気配はなく、むしろ苦しく切羽詰《せっぱつ》まった気持ちが読み取れて驚いた。

「クビにって、ヘルパーをってこと？」

「はい。いまはろくに役目を果たせていませんが、もう少し経って仕事のほうが落ち着いたらかならず身を入れて頑張りますから。ですから俺を……」

「ちょ、ちょっと待って」

とにかくここに座ってと、松阪は自分の横の座面を叩く。それから酒を半分ほどいっきに

飲んで、

「ヘルパーをって、そんなことができるわけないだろう？」

「します。だから、俺をこの部屋から追い出さないで欲しいんです」

「追い出しは……しないけど、でもヘルパーをやるのは無理だよ。きみももうわかっていると思うけど、きみはいま竜の背に乗っているのとおんなじだ。高く駆けのぼるこのスピードは止められない。いったんいきおいがついてしまえば、自分からは下りられないんだ」

風由来はもう底辺の人間ではない。どころか一般人とも言えないような身の上だ。

「でも俺はヘルパーをしなければ、あなたとの関わりが切れてしまう」

苦渋に満ちた風由来の様子に松阪は目を瞠《みは》る。

「俺はあなたにたまたま道端で拾われて。あなたは親切で住みこみのヘルパーにしてくれて、俺が役者になったあとも嫌な顔ひとつせず演技の心得まで教えてくれて。そうやって俺はあなたにもらいっぱなしで、なにひとつ返せていない。だから、せめてヘルパーとしてあなたの役に立ちたいんです」

「ふ、風由来くん。待って待って」

これはどういうことだろう？

風由来は自分にキスをしたのを後悔していて。なのに、都心のマンションに移るのではなく、この部屋にいたいのか？　輝かしい芸歴を築いている最中なのに自分のヘルパーを兼務して？

「なにがなんだかわからないよ。あの……言いにくいことなんだけど」

どうしようかとためらってから、思いきって口にする。このことを聞かなければ、風由来の本心を量れない。

「前にきみは、僕に、その、キスしたよね？」

風由来は「う」と顎《あご》を引いた。

「あのあときみは後悔して逃げた……って言うのとは違うかもしれないけど、ともかく距離ができたよね？　なのにどうしてヘルパーでいたいって思っているの？」

「それは……」

風由来は下手《へた》な役者みたいに棒立ちになったあと、ためらいがちに口をひらいた。

「俺は……確かに逃げたんです。あのことを知られたくなかったから」

「あのこと？」

「俺は……」

そこまで言ったとき、風由来のポケットでスマートフォンの着信音が鳴り出した。

びくっと跳ねたのは松阪で、風由来はわずかも動かない。何度も携帯は鳴り続け、むしろ松阪がいたたまれない気分になり、目線で出ないのとたずねたが彼はなおも無視したままだ。

やがて着信音が消え、ほっとしたのと据わりの悪さが交わったとき、今度は松阪の携帯が鳴りはじめた。

「う、わっ」

リビングのテーブルに置いていた画面には畑野の文字が映っている。こんな時間になんだろうと訝《いぶか》しく出てみれば、回線の向こう側からひどくあせった声が流れる。

「松阪さん。夜分に申しわけありません。そちらにまだ風由来くんは？」

「あ、いるけど」

とたん、畑野の長く大きなため息が聞こえてくる。

「ああよかった。風由来くんにはしばらくそこから出ないように言ってください。松阪さん、あなたもです」

「いいけど、どうして？」

「理由はあとから。くれぐれもお願いします、そこから絶対外に出ないでくださいね」


『松阪絢希《あやき》のマンション前で深夜にファンが大暴走⁉』

こんな見出しがネットニュースに載ったのはその翌日のことだった。

トラブルの発端になったのは、風由来のファンの集団だ。彼女たちはファン独自の情報網で風由来が松阪の部屋にいると知ってからは、連日早朝から深夜までここの建物前に張りついていたらしい。

しかし、このことはマンションの住民や近隣の人々にとっては迷惑以外のなにものでもない。事務所側もこの事態を看過せず、たびたびスタッフをそちらに向かわせ、帰宅をうながしていたのだが、追い返してもまた集まるのイタチごっこ。風由来のファンクラブはできて間もないこともあり、彼女たちを統率する強いリーダーに欠けていて、十代の女の子がマンション前に群がっては騒いだり、ごみを路上に散らかしたりとマナー違反を犯していた。

それをかねてより苦々しく思っていたのは松阪のファンたちで、そのうちの熱狂的な一部が突出した行動に出たのだった。

夜になってもマンション前にたむろしていた彼女たちに――絢希さまに迷惑かけるな、いますぐ帰れ――と叱《しか》りつけ、それに反発した相手から怒鳴り返され、ついには乱闘騒ぎにまで発展した。

最終的にはパトカーと救急車が出動する状況になり、この夜の映像はSNSで拡散され、事務所がいくらマスコミを抑えても無駄であり、あっという間に広がった。

事務所側はすでに風由来はべつの場所に移っており、以後はこのような事態を二度と起こしませんと関係各所に謝罪したが、いまだ松阪と風由来のファンは一触即発の状態である。

それに便乗して面白おかしくデマを書き立てる連中もいて、事務所の社長はついにふたりの同居解消を厳命してきた。

【一部のファンが心ないことをして、僕からも深くお詫《わ》びいたします。こうしたことがふたたびないよう、以後はかならず気をつけていきますので、どうぞこれからもよろしくお願いいたします】

そのような趣旨の文を公式ブログの記事に載せた松阪は、スマホを手にため息をつく。

「風由来くんは？」

「とりあえず事務所に近いホテルに移動を」

楽屋で畑野に聞いてみれば、そのような返事が戻る。鏡に映った畑野の顔は見るからに憔悴《しょうすい》していて、このところの苦労がはっきり表われていた。

「しばらくのちには極秘で都内のマンションに移ってもらうつもりでいます。荷物とかはすぐには持ち出せませんので、申しわけないんですが少しのあいだ預かっててもらえませんか？」

「それはべつにかまわないけど」

「本当にすみません。私がもっと早くに事態を重く見て、有効な手を打っておくべきでした」

「畑野さんのせいじゃないよ。新興のファンが荒ぶるのはよくあることだし、僕も配慮が足りなかった。わかっていたはずなのに、風由来くんをどこかいまだに普通の子みたいに思っていたんだ」

いつまでも一緒に住んでいたかったと自分の本心を畑野にこぼしてもしかたない。いま彼に言ったとおり、風由来はすでに普通の青年ではないのだから。

「や。そう言っていただけると、本当に助かります」

恐縮しきりのマネジャーに微笑《ほほえ》んで、松阪は立ちあがった。

「支度《したく》もできたし、それじゃ行こうか？」

しかし畑野は依然気まずい顔をしている。どうしたのと首を斜めにたずねたら、言いにくそうに口をひらいた。

「その。同居解消だけじゃなく、今後風由来くんとは接触禁止の決定が下りたんです」

「禁止って……そんなの誰から？」

社長命令だと畑野は言う。

「あとですね、今日は彼がおなじスタジオに来ているんです。本当に申しわけないんですが、風由来くんの姿を見ても反応しないでくれませんか。仲良くしても、しなくても、接触すればかならず噂になりますから。スタジオ内でもいろんなひとが入っていますし、どこで火種が再燃するかもしれません。いまはもう周囲を刺激しないのがいちばんなんです」

松阪はうなずくしかできなかった。畑野が言うのももっともで、デマやゴシップがどれほど痛いか自分はよく知っている。新人の風由来にとっていまは大事な時期なのだ。

「わかったよ。それに、おなじと言ったって収録場は違うんだろう？　かならず出くわすとは限らないし」

しかしその予想に反し、松阪は指定の場所に向かう途中で通路の先から歩いてくる風由来ともろにかち合った。

思わず松阪は「風由来くん」と言いかけて、とっさにその言葉を飲みこむ。

「畑野さん、今日のゲストは誰だっけ？」

さりげなく視線を逸《そ》らし、横のマネジャーに問いかける。廊下にはふたりのほかにも出演者やスタジオ関係者の姿があって、それらの人々から興味ありげに見られているのを察していた。

「あ。シンクパンクのみぽりんとおぎたんです」

「ああ彼女たち？　収録で一緒になるのはひさしぶりだね」

風由来はドラマの撮影なのかそれ用のメイクをし、Tシャツにジーンズの衣裳《いしょう》だった。手首には黒革のブレスレット、足元はコンバース。最初に見て取ったそれらを目に入れないように、彼の脇を通り過ぎる。

「……松阪さんっ」

声が聞こえても聞こえないふり。ずきずき痛む胸は無視。たとえ自分がどんなに苦しい思いでも、ここで風由来に応じることは結局彼のためにならない。

「風由来さん、いけませんっ」

彼は後ろに控えていたスタッフふたりに押さえられているようだ。揉《も》める気配はしているが、追いかけてくる様子はない。

「松阪さん、急ぎましょう。時間が押していますから」

まだ開始には余裕があるが、畑野が口早にそう言った。松阪は逆らわず足を速めて、目的の収録室に入っていった。


『なんとか落ち着いたみたいじゃない？』

「その節はどうもお世話になりました」

見慣れたリビングの真ん中で、松阪は電話の向こうの宮森《みやもり》にそう言った。

『あら。わたしはなにもしていないわよ』

さらっと宮森は否定するが、彼女があちこちに睨《にら》みを利かせてくれたおかげでデマやゴシップは必要以上に広がることなく、ファン同士の衝突事件はとりあえず沈静化した。

「ご謙遜《けんそん》を。事務所の社長も、畑野さんもありがたいと言っていました」

『風由来くんはあれからマンションを借りたんでしょう？』

「はい。どこなのかはわかりませんが、そのうち荷物を誰かに取りに来させると」

風由来がここを出てずいぶん経った。ひとの噂も七十五日と言うけれど本当だ。この建物周辺もファンや、マスコミや、野次馬の姿が消えて、揉めごとがあったことなど嘘のように静かになった。

『寂しくなったわね』

「はは。まあ、そんな感じなのかもですね」

強がりを言う気分でなく曖昧《あいまい》に肯定する。

『ね、風由来くんのマンションがどこなのか教えましょうか？』

松阪は少し考えて首を振った。

「いえ。せっかくですが遠慮しますよ。また騒動を起こすのは彼のためになりませんし」

『そうね。ごめんなさい。配慮が足りないことを言って』

「いえ、そんな。宮森さんにはいつもよくしてもらってますから」

これは事実で、著名な脚本家や、実力派のプロデューサーがまだ新人の風由来の起用を決めたのは宮森の口添えがあればこそだ。

『風由来くんのこと？　あれは、でも彼自身に才能があったからよ。きっかけがどうであれ、彼の輝きは本物ですもの』

「そうですね。僕もそれには賛成です。風由来くんはきっと超一流の役者になれます」

なんでもないふうに言ったものの、これ以上風由来の話をしているのが苦しくなって、やや唐突ながら「それじゃ、また」と松阪は通話を切りあげようとした。宮森は引っぱらず『ええ、また』と応じてくる。

『あとね、会えるわよ。あなたがおなじ場所に行けば』

それきり回線の向こう側は沈黙する。通話が終わった画面を見ながら、松阪は彼女の台詞を心の中で反芻《はんすう》した。

おなじ場所。もしも自分がそこに行けば風由来に会える？

「だけど、僕は……」

おなじ場所。それはつまり、松阪が演じる場所に戻ること。

いまさら復帰して、また棒演技と誹《そし》られたら？　カメラの前で演技すると思っただけで冷たい汗が滲《にじ》んでくるのに？

「無理だ。それは無理だけれど……」

けれども松阪は風由来に会いたい。彼とまた言葉を交わしてみたかった。

風由来がここから立ち去って三カ月。それまでは直接会うことはめったになくても、この部屋には彼の気配が残っていた。しなくていいと言ったのに、ときたまには冷凍された料理のコンテナが増えていて、冷蔵庫のドアのところにメモが貼られていたこともあったのだ。

――よかったら、食べてください。

めちゃくちゃに忙しいのに、いったいなにをやってるんだと苦笑して、だけどとてもうれしかった。でも、それももうおしまい。風由来はこの部屋から去っていった。もう二度と戻ってくることはない。

「……風由来、くん」

なにかに操られているかのように松阪は部屋の奥に進んでいった。

昔、客間にしていたところはベッドと棚くらいしか家具がなく、持ち物の少ない風由来は生活感をほとんど残していかなかった。

松阪は青いカバーがかけられたベッドに座り、なんとなく枕を手にとってぽんぽんと叩いてみる。すると、かすかに風由来の匂いがしたようで、たまらず枕を抱き締める。

「僕は、馬鹿だな……」

いったいいつの間にこれほどべったり彼に依存していたのか。こんなふうに未練がましく風由来の気配を追い求めてしまうくらいに。

「そう言えば……結局あれを聞けなかった」

どうして彼は自分にキスして、資格もないのにとあやまったのか。

知りたいけれども、もはや風由来に教えてもらうすべはない。社長からの接触禁止命令もあるのだし、彼もいまさら説明をする気分ではないだろう。なのに、あれから一年以上が経ったいまでも松阪はそのことが気になってならなかった。

「やっぱり……たまたまのいきおいかなあ」

最初のキスも演技の役に入りこんでのことだったし、次のあのときもいちばんの喜怒哀楽を語り合って、感情が高ぶっていた最中だった。

打ち明け話をしたあとで、一緒にいるのが楽しいと言い合って、一時的に高揚しきった彼の気持ちがもしかするとああいう行動に走らせたかといまは思える。あのメソッドは集団でおこなうと、話した人間の感情がダイレクトに伝染していき、皆が大笑いや大泣きをするのだと講師からは聞いていたし。

「ほんとにそれだけだったのかな……」

資格もないのに風由来は松阪にキスをして逃げていった。それは『あのこと』を知られたくなかったから――彼が言ったのを繋《つな》ぎ合わせるとそういうことだが、まったく意味がわからない。

その意味をできれば風由来に聞きたいが、どう考えてもいまの状況では実現させるのは難しそうだ。しかも、すでに彼のほうではあの出来事はノーカウントの心境でいるかもしれない。風由来はいま最高にノッている役者であり、松阪との関わりなど過去のことになっていてもおかしくないのだ。

「……あの映画もすごかったしね」

風由来が演じた自衛官は、派遣先である海外での活躍でいっときは英雄扱いまでされたものの、家族を助ける金欲しさに仲間を裏切り堕《お》ちていく役どころだ。ベテランの役者たちばかりのなかで、しかし風由来はいささかも霞《かす》むことなく鮮烈な存在感を放っていた。

松阪は、リリース前のそのＤＶＤを畑野に頼んで手に入れてもらったのだ。深夜に自宅でそれを観て、松阪は彼の芝居に魅入《みい》られて息すら忘れた。

映画の撮影中、彼が実力派の役者に揉まれてさらに磨かれていったのは間違いない。風由来はこののちも優れた役者を目指し、きっとそのとおりになるのだろう。

自分がもはや手の届かない遠いところで。そう思ったら苦しくなって、枕を抱いたまま松阪はもそもそと布団の中に入りこんだ。

自分はもう風由来には会えないかもしれないが、ここで丸まって眠ったら、あるいは彼の夢を見られるかもしれない。そんな淡い期待を持って目を閉じる。

「おやすみ、風由来くん」

そうつぶやいて、まもなく松阪は眠りの淵《ふち》に落ちていった。

――僕はねえ、ほんとによかったと思ってるよ。きみの居場所ができたんだもの。

――はい。ありがとうございます。

――みんなから求められて、どんどん才能を開花させる。きみには素晴らしい可能性があるんだからね。

――はい。ありがとうございます。

――このあいだ、きみの映画を観たんだよ。主役じゃなくて、きみばかりが目に入った。

存在感もそうだけど、演技もすごくうまくなったね。

——はい。ありがとうございます。

なにを言っても風由来はおなじ返事しか寄越さない。それが寂しくて、松阪は泣きそうになってしまった。

「風由来くん……」

「はい。松阪さん」

「きみに……会いたいよ」

「……ほんとですか？」

「ん……会えなくて……すごく、寂しい……」

「松阪さん……っ」

自分の髪に触れ、頬《ほお》を撫《な》でてくる大きな手のひら。温かくて、気持ちがいいけれど、これはいったい誰のだろう？

「俺もあなたに会いたかった。会いたくてしかたがなくて、気が狂いそうでした」

せつなげで苦しい響き。聞くとこちらまで苦しくなって、無意識に腕を伸ばす。すると、背中に誰かの手が入ってきて、しっかりと抱きこまれた。

「松阪さんっ……松阪さんっ……」

自分を何度も呼ぶ声は。長い腕と、硬い胸のこの感触は。

「…………風由来、くん？」

「そうです。俺です」

松阪は大きく目を見ひらいた。じゃあこれは夢のなかではなかったのか？

「え、きみ。なんでここに？」

言ってから、ああそうかと合点がいった。

「荷物を取りに来たんだね。わざわざきみが来なくてもほかの誰かに……」

「松阪さん」

強い口調にさえぎられ、驚いて視線を揺らした。

「な、なに？」

「俺はいまから役者をやめます。だから、ここに置いてください」

瞬間、風由来がなにを言ったのかわからなかった。

「…………馬鹿な、ことを」

ようやく呑《の》みこみ、喘《あえ》ぐような声音が洩れる。

「やめるなんて、いまさらできるわけないだろう？」

「できようができまいが関係ないです。あなたがこうして俺を求めてくれているのに。俺に会えなくて寂しいと思っているのに」

抱き締められた姿勢のまま、松阪は茫然《ぼうぜん》と宙を眺める。

「きみが……元どおりここにいる？」

「はい」

「役者をやめて、この部屋でヘルパーとして？」

「はい」

松阪は力いっぱい風由来の身体を押しのけた。

「僕は寂しくなんかない。きみを求めてなんかない。だから、いますぐに帰ってくれ」

「松阪さん……⁉」

「きみはもう役者をやめることはできない。僕はきみの演技を観たんだ。芝居はきみの天職だ」

「天職なんかじゃありません」

松阪は大きく横に首を振った。

「きみは芝居に取り憑《つ》かれてる。そうでなくて、あんな演技ができるもんか」

「違います」

「演じることがきみの仕事だ」

「ちが、違います……っ」

風由来はきつく眉根《まゆね》を寄せてうなだれた。

「……俺は、確かに……芝居には惹《ひ》かれてます。だけど俺にはあなたのほうがもっと大事だ」

顔をあげ、風由来は目力でこちらを捉える。

「高いところで輝くあなたがあまりに遠くて、だからほんの少しでも近い場所に行きたかった。だから役者になったのに、あなたはますます遠くなる。俺はいったいどうすれば……あなたの傍にいたいのに」

「……風由来くん」

彼の告白を耳にして心が溶けてしまいそうだ。本当は自分も彼とおなじなのだ。近いところでずっと彼を感じていたい。どこにも行かず、自分の傍にいてほしい。ふたりだけで、ずっとこのままこの部屋で。だけど……。

「っ、どこに行くんです？」

ベッドを下りた松阪に、風由来がハッと顎をめぐらす。

「リビング。畑野さんに連絡して、きみを迎えに来てもらう」

「松阪さん」

「え、わ……っ」

いきなり手首を摑まれて、ベッドの上に転がされる。

「いいです。自分で帰ります。あなたの気持ちはわかりました」

厳しい顔の風由来を見れば、いますぐ違うと否定したい。だけどそうは告げられない。自分は彼にヘルパーでいてほしいとは言えないのだ。

彼はもう役者であることから降りられない。やめたら死ぬほど後悔する。自分の一部がなくなったみたいに感じる。わかるのだ。なぜなら——まさしく自分がそうだから。

「でも、その前に」

言って、風由来が上からかぶさる。

「んっ」

押し伏せられ、塞がれた唇のあいだから風由来の舌が入りこむ。

前とおなじに濃くていやらしい大人のキス。歯列をくまなくねぶられて、くちゅくちゅと濡《ぬ》れた舌が出入りする。性交そのものを連想させる雄の仕草に、頭のなかが沸騰するいきおいで熱くなった。

「ふっ、ゆっ……ん、んっ」

「ずっとあなたにキスしたかった」

上擦《うわず》る声が耳朶《じだ》をかすめる。

「あなたに触れたい。キスをしたい。裸を見たい。一度でいいから……。お願いです、いいと言ってくれませんか？」

呼吸が止まるほど強くきつく抱き締められて、風由来の体熱をこの身に感じる。お互いの身体ばかりはこんなにも近くにいて……それなのに、彼の気持ちも、考えも、依然として理解できない。

かつて風由来は突然松阪にキスをして距離を取り、知られたくない『あのこと』を隠そうとした。そして今夜、彼はいきなりやってきて、またもキスして触れたいと言う。

こんなふうに彼はふいに近づいてくる。そしてぐちゃぐちゃにこちらの気持ちを掻《か》き乱すのだ。

「いいよ……」

なのに——拒絶することはできなかった。理由なんてわからない。ただ彼にそうされたい自分がいる。

「松阪さん」

シャツのボタンを外す指が震えている。あんなにこなれたキスをするのに、まるで初めて抱き合うみたいな純朴さが不思議だった。

「さわるだけです。気持ちいいことだけするから。お願いです、逃げないで」

少しもあらがっていないのに、彼は松阪があっという間に消え失《う》せてしまえるみたいに言ってくる。

「全部俺に見せてください」

ボタンを外し、やわらかい果実の皮でも剝《む》くように丁寧にシャツを脱がせる。そうして風由来は肌の上に熱い視線を落としてきた。

「ここすごい。ピンク色」

剝き出しにされた胸を見ながらの感想に、頬がカアッと熱を持つ。

「そ、そんなこと……あ、んっ」

指の腹で突起の部分をくりっと擦《こす》られ、つい変な声が出た。

「これ、気持ちいい？」

「ば、馬鹿っ」

甘やかしてくるような問いかけも、それに反応して赤くなる自分自身も恥ずかしい。

「胸なんか……」

感じないと言おうとしたのに、そこをまたいじられて、びくっと身体が震えてしまう。

「いいんですね。もっといじって、ここをしゃぶってもいいですか？」

そう聞く前に、もう指でいじってる。そんなふうに文句をつけてやろうとしたのに、尖《とが》りをチュッと吸われてしまえば「ひ……っ」と情けない声しか出ない。

「松阪さん、すごく、可愛い」

興奮気味のその台詞は不本意だった。そもそも自分は風由来よりひと回りは年上なのだ。それなのに、彼の指と舌の動きに翻弄《ほんろう》されて、たやすく体熱があがっていく。

「もっ、もうっ……胸ばっかり、嫌だ……っ」

快感にこらえかねて目線を下げれば、彼が言ったピンク色はなくなっていた。いまは熟した茱萸《ぐみ》みたいに真っ赤になって腫《は》れている。

「ここじゃ足りない？　だったらこっちはどうですか？」

「あ、ちがっ……や、ん……っ」

催促したつもりはなかった。けれども風由来は慣れたふうにスラックスの金具に手をかけてくる。

余裕ありげな彼の手つきは、過去の経験を思わせて面白くない。けれども、松阪の肌に向けられるまなざしは焦げるほどだ。

「ああ……綺麗《きれい》です、松阪さん」

スラックスを脱がされて、うっとりと眺められる。もっと強引にされるかと思っていたのに、風由来はどこか遠慮がちだ。

「見てないで……っ」

だから、松阪はつい自分から誘ってしまった。

「きみは、さわりたいんだろっ……」

彼は刹那《せつな》に目を瞠り、それからおもむろに下着のなかに手を忍ばせる。

「ん、くっ……ふ、あ……っ」

薄グレーのボクサーパンツは風由来の指の動きに応じて、布地の色が濃くなっていく。

男のそれなど他人のものは初めてだろうに、彼はものすごく的確に松阪を追い詰めてくる。

自分のものが勃《た》ちあがっていくにつれ、下着のゴムを押しあげて濡れた先端がはみ出して見えるのが、卑猥《ひわい》で恥ずかしくてたまらなかった。

「も……僕、ばっかり……」

そっちはどうなのかと思ったら、ふいに彼が顔を伏せた。

舌を舐《な》められ、吸いあげられる濃厚なキスをされればぼうっとなるし、そのあいだに性器へのダイレクトな刺激もあって、なにがなんだかわからなくなる。

「んっ、く、ふっ、う……っ」

気持ちがよくて、腰がよじれる。なのに、もうひと押しが足りないのだ。あと少し強めに擦ってくれたなら達《い》けるのに、風由来はぎりぎりで緩めてしまう。

じれったくてしかたがなくて「もっと……」とついせがんだら、彼は耳たぶにキスをして「舐めましょうか？」と淫《みだ》らな問いを吹きこんできた。

「それともやめます？」

もう先端から蜜が滴《したた》る状態でそんなことを言われたら、返事はひとつに決まっている。

「やだっ……な、舐めて……っ」

風由来は身体を松阪の足元に下げたあと、ボクサーパンツを脱がせ取った。

「ここも綺麗な色ですね。真っ赤になって、反り返って、滴《しずく》をだらだら出している」

ごくんと唾《つば》を飲む音が聞こえ、恥ずかしさが倍増しになる。もう目を開けていられずに腕で顔を覆ったら「ここを舐めてもいいですか？」とふたたび聞かれた。

「い、いいって、さっき」

もしかしてわざとかと思ったら「そうじゃないです」と思いがけず真剣な調子で言われる。

「あなたが嫌がることはいっさいしたくないんです」

「い、いいよっ……いい、からっ」

風由来にだったらなにをされてもかまわない。それに、本当にしてほしいのだ。彼があたえる刺激で自分を達かせてほしい。

松阪が仰向《あおむ》けでこくこくとうなずけば、先端部分が湿って温かな感触に包まれる。

「ふっ、く……ぅ」

風由来はこういうときの男の生理を知りつくしているようだった。

どこを舐めて擦ったら、背筋が痺《しび》れるほど気持ちがいいのか。どこをどれだけ強く吸ったら、腰がかくかく震えるくらいに感じるのか。

彼は女としか寝ていないはずなのに。それともあれは嘘だったのか？

「ふゆっ……きみっ……初めてじゃ、ないだろうっ？」

「なにがです？」

「男、とっ……ん、んっ」

「男はあなたが初めてです。ここをいじるのも、舐めるのも」

「だ、だっ……てっ」

上手《うま》過ぎる。いったいどんなセックスをしてきたら……と思ったけれど、風由来が尖らせ

た舌先で性器の鈴口を抉《えぐ》ってきたから、呻《うめ》くことしかできなくなった。

「ああ、んんっ」

涙が滲むほどの刺激。快感で脚が勝手な動きをする。

膝が無意識に蹴る仕草をし、足の裏が風由来のどこかにトンと当たった。

「……え？　あ、んん、や、もっ……出そう……っ」

一瞬の違和感。けれどもそれを確かめる余裕はない。

「出るから、やっ……離してっ……」

真っ赤になった自身のそれは、いまだ風由来が咥《くわ》えている。このままではと訴えたのに風由来はいっこうに離してくれない。どころか、絶妙の強さで先端を甘噛《あまが》みされて、あっさり自制が切れてしまった。

「ん、んんっ、んー……っ」

ドクッと精液が噴き出して、つかの間意識が吹っ飛ぶほどの悦楽に見舞われる。

目の前に星が散り、放埒《ほうらつ》は思ったよりも長く続いた。

「……あっ……はぁっ……は……あ……っ」

酸素を求めて薄い胸が上下する。しばらくのちに呼吸の間隔がいくぶんなだらかになってから、松阪は気になることを思い出した。

「風由来くん……？」

身体を斜めに見あげれば、彼は手の甲で口を拭《ぬぐ》ったところだった。

「あ……ごめん」

彼は松阪の体液を全部飲んでしまったらしい。そうとわかって、カアッと頬が熱くなる。

「は、吐き出しても……もう遅い？」

あせってベッドに起き直り、全裸と気づいてシーツを腰元に引き寄せる。女ではないのだけれど、なんだか無性に恥ずかしい。

「風由来くん……あの。どうしたの？」

彼は昏《くら》いまなざしでこちらを見ていた。ついさっきまで性的行為に及んでいたのが嘘のように、汗も掻かず呼吸もいっさい乱していない。そのときふいに、さきほどおぼえた違和感の正体がわかった気がした。

もしかして、風由来のそれは……？

その思いが松阪の頭のなかで膨れあがる。

知りたい、だけど確かめたくない。

乱れ惑う心の内は、たぶん表情にも出ていたらしい。風由来がごく低く「わかりましたか？」と聞いてきた。

「わかったって……？」

おおむねは察していて松阪は問いかけた。

「俺の、この身体のこと」

言われて松阪は、これまであえて見ないでいたその部分に目を向ける。

ジーンズに包まれた風由来の股間はまったく反応していなかった。

「きみ……それ……」

「勃たないんです。ああ、松阪さんのせいじゃなく。誰と、なにをしてもです」

「も、元から？」

風由来は淡々とした表情で首を振った。

「いいえ。俺が二十歳《はたち》になったあたりで。たぶんやり過ぎたんでしょう」

風由来は薄い笑いを浮かべた。

「俺は十五のころからずっと女と寝てきました。生きるためにいちばん手っ取り早かったから。なかにはセックス依存症の女もいて、俺もたぶんその傾向があったかもしれません」

風由来はその五年間、数限りなくセックスを繰り返したと打ち明ける。

「数えたことはないけれど、余裕で四桁のなかばくらいはいってます。それであるとき、ぱたっと勃たなくなったんです」

「だから、女のヒモをやめて……？」

風由来は無言でうなずいた。

「あなたにはこのことを最後まで隠しておこうと思いましたが、今夜限りで会えなくなるかと思ったら欲が出ました」

「欲……？」

「前にあなたとはいちばんの感情を話し合っていたことがあったでしょう？　俺のいちばん大事な気持ちをあなたには隠さず話した。だから、俺の身体のことも知っておいてほしかったんです」

「風由来くん……」

確かにいくらでもごまかす方法はあっただろう。部屋を暗くしておくとか、絶対身体には触れさせないようにするとか。けれども風由来はあえてそうはしなかった。

彼がいったいどんな気持ちでこのことを打ち明けたのか。それを思うと刺されたような鋭い痛みを胸に感じた。

頬を歪《ゆが》める松阪の目の前で、風由来は静かに立ちあがった。

「俺が二十歳になるまでにやっていたのは、セックスを売り食いする獣の暮らしだったんです。だから、本当に好きなひととはできなくなった。これが俺への罰なんだと思います」

すみませんと風由来は頭をひとつ下げて、部屋の出口へ向かっていく。

「風由来くん……っ」

叫んだけれど、彼はそれには反応しない。振り向くこともせず、やがて松阪の視界から完全に消えていった。

――本当に好きなひととはできなくなった。

風由来は松阪にそう言った。

本当に好きなひと。それはつまり……自分のことか？

だから風由来は自分にキスした。そして、過去の事情から勃たなくなっていることを自分に隠していたかった。

『あのこと』とは、つまりそういうことだったのだ。

ベッドの上で松阪は茫然《ぼうぜん》と宙を見る。

セックスを売り食いする獣の暮らし。風由来の言ったそれがどういうものなのか、松阪には想像することはできても本当に本当のところなどわからない。

だけどいくらかはわかっていることがある。

――だから、本当に好きなひととはできなくなった――これを風由来が言ったのは訣別《けつべつ》の想いからだ。

彼は最後に真実を告げ、松阪から去っていった。

おそらく今後、彼のほうから会いに来ることはないだろう。自分のために役者をやめると言ってくれた風由来だが、それをはっきりと拒絶したのはほかならぬ自分自身だ。

「だって……僕は、きみが……」

素晴らしい役者になれると思ったから。自分も彼の演技に魅了されていたから。役者をやめてヘルパーでいてほしいと言えるはずがないじゃないか。

だけど自分のその想いが、またも風由来を遠ざけた。以後はたとえ仕事場ですれ違っても、気持ちは遠いままなのだ。

「それは……嫌だ……」

いまになってようやくわかった。

自分は風由来が好きなのだ。彼のことが好きなのだ。

彼が去ってしまってからようやくそれに気がついた、鈍感で、馬鹿な自分。わかったときにはすべて手遅れ。

「……もう、駄目なのかな……?」

風由来を完全になくしたあとで、したたか思い知らされた。彼を失ってしまうことは、自分自身をなくすのとおなじことだ。芝居とおなじ、いや、それ以上の空洞ができてしまう。

「そんなの嫌だ……耐えられない……」

頭をかかえ、うずくまる。涙は出ず、ただただ苦しい。

——あとね、会えるわよ。あなたがおなじ場所に行けば。

そのとき、ふっとその言葉が頭に浮かんだ。

「でも……僕は……だって」

怖い。あの場所に行くのが怖い。

松阪は歯の音を立てながら自分をかかえて身を縮ませる。

がくがくと身体が震えるほど怖いのは、自分がそうする以外には彼の傍に行けないと知っているから。嫌だよと我儘が言えたときとはまったく違い、自分が本当にそれをするつもりだからだ。

——肩ひじ張らずありのままの姿を見せて、それでも相手は幻滅せずに、むしろよりいっそう親身になってくれるような、そんなひとの傍にいたい。そして、自分もおなじ気持ちを捧げたいのだ。

誰かを好きになりたいと、かつて松阪はそう言った。

そのとき自分は嘘いつわりなく、本心からそんなふうに思っていたのだ。

だったら……自分はいったい彼になにを捧げればいい？

翌日、松阪は自分を迎えに来た畑野の車に乗りこむと、おもむろに口をひらいた。

言葉を出そうとして、しかし声が出ず、何度か深呼吸していると、畑野が訝しげに問いかけてくる。

「どうしました？　喉《のど》の具合でも悪いですか？」

「あ、ううん」

それをきっかけに、ようやくまとまった言葉が出てくる。

「あのね。僕はまた芝居をしようと思うんだ」

「え、本当ですか⁉」

松阪が本気と知ると、畑野は仰天しながらもよろこんだ。

「それはすごい。夢みたいです。ようやくあなたがそんな気持ちになってくれて、待った甲《か》斐《い》がありました」

畑野は弾んだ声をあげ、そのあと首を斜めにする。

「でも、いったいどういう心境の変化です？」

「その……僕は、風由来くんと……えっと、僕もやらなくちゃって気持ちになって……」

「そうですか。後輩の頑張りで発奮する気になったんですね。いやあ、よかった。うれしいですよ」

畑野が都合のいい解釈をしてくれたので、そこは黙って乗ることにする。

「じゃあさっそく宮森さんに連絡して」

「ううん。それはいい」

俳優業を再開するにあたって、松阪は宮森の助力を考えていなかった。たとえ大変でもかまわないから自分の力で芝居の世界に戻っていきたい。

「遠回りかもしれないけれど、このことは譲れないんだ。だから僕の思ったようにやらせてくれる?」

この日から松阪は酒をやめ、まずは自宅のレッスン室で声と身体を作り直した。それから畑野と相談し、スケジュールの合間を縫ってあちこちのオーディションを片っ端から受けはじめる。

かつての人気俳優が無名の新人たちに交じって、書類審査からスタートするのは抵抗があるだろう。

当初畑野はそんなふうに思っていたようだったが、松阪は平気だった。

役者としてのプライドなど、撮影に大遅刻をしたあげく無様にも引っくり返ったあのときに砕けている。だから、オーディション会場で発声の基礎練習をさせられようが、民謡で踊らされようがいっこうにためらいなど感じなかった。

しかし、そんな松阪の努力にもかかわらず、オーディションは受けては落ちるのくり返し。悪評紛々で芝居の世界を去った男に、監督やプロデューサーがそうおいそれと首を縦に振るわけがない。そのことはあらかじめわかっていたから、松阪はくじけることなくチャレンジをくり返した。そうしてようやく吉報が舞いこんだのは三カ月ほど経ったときだ。

「松阪さん、受かりましたよ！」

合格したのは都内の小劇場で、しかも端役。どうやら開演日間際になって役者が降りてしまったらしく、急遽《きゅうきょ》穴埋め要員が必要になったらしい。台詞も少なく、時間もないので、当日ぶっつけ本番で自分の役をこなせることが条件だった。

「そうか。ありがとう」

それでも松阪はうれしかった。そして、同時に不安もあった。

人前でライトを浴びて演技する。それに自分は耐えることができるだろうか？

自分が舞台でまたも引っくり返ったら？

その心配は杞憂と言えず、小劇場での芝居の当日、松阪は緊張しきって楽屋に入った。このときすでに喉は塞がり、声も満足に出ていない。

「おはようございます」

主役以外の俳優はおなじ楽屋を使う彼らは、上擦る声音の挨拶にちらと視線を投げただけだ。

「その。僕はどこに座らせてもらったら……？」

聞いても誰も反応しない。やむなく松阪が空席とおぼしき椅子に近づくと、

「そこは俺の席だから」

若い役者が邪険に松阪を押しのける。

「ああ、すみません」

あわててあやまると、男はぶすっとした顔で椅子にどっかと腰を下ろすや、自分の支度をしはじめる。

「いくら急ごしらえでもさあ、ほかに誰かいなかったのかよ」

聞こえよがしにその男がぼやいてみせれば、隣の席で下着姿の女が応じる。

「ほんとにね。ここはただでさえ狭いってのに、付き人連れで楽屋入りとか」

「なんか勘違いしてんじゃないの？」

「んな有名なタレントさんなら、こんなとこに紛れこまずにTVに出とけばいいのにね」

彼らの言うのがすべて自分のことだとわかって、しかし松阪は反論の言葉がなかった。場違いと思われるのは承知の上で、この場所にやってきたのだ。

「畑野さん、悪いんだけど……」

「ああそうですね。私は外に」

周囲の空気を察してマネジャーが出ていくと、松阪は室内を見回して、自分の衣裳がかけられたハンガーラックのところに行った。

嫌味を言われたが、共演の役者たちはそれきり自分の準備にかかり、松阪を無視しているのはむしろありがたいことかもしれない。デビューしたてのころは、もっと手の込んだ嫌がらせをされたしと、そんなことを思い出しつつ衣裳に着替える。指の震えが止まらなくて、ボタンをかけるのにずいぶん時間がかかったけれど、どうにか支度を全部済ませて楽屋を出た。

「あ……の」

舞台裏までぎくしゃくと足を動かしてきたものの、これから客の前に出て芝居をしなくてはと考えれば恐ろしくてたまらない。

こんなありさまでは舞台で台詞を言うはおろか、劇団長への挨拶すらできそうにない。

怖い。いますぐに逃げ出したい。

でも……。

自分はいったいなにをしにここに来たのか。風由来に少しでも近づこうとしたのじゃないのか？

だったら、どんなに怖くてもここにとどまれ。そして、自分の役柄を演じるんだ。

松阪は何度か大きく呼吸して、ようやく声を振り絞った。

「あの、おはようございます」

「ああ来たの……って。ちょっと松坂さん、大丈夫？」

団長はぶるぶる震える松阪の姿を見て目を剝いた。

「は、はい。大丈夫です」

「っても、その顔真っ青だけど」

まいったなあ、と団長が渋い顔で額を押さえる。

「誰か代わりになれそうなの、どっかにいないか？」

振り向いてスタッフに怒鳴る彼を、しかし松阪は「演れます」と押しきった。

「絶対に迷惑はかけませんから。僕は最後まで自分の役を演りとおします」

「本当に？」

「はい」

団長はじめ、おそらく周りにいた全員が松阪のこの返事を疑わしいと思っただろう。事実、この舞台で主役を張る女優が近づき「ねえ、本当に彼で行くの？」と嫌そうにたずねてきたから。団長は彼女を見、松阪をもう一度眺めたあとで、

「俺だって、降りてくれと言いたいよ。開演まであと半日あったらな」

それから「うう」と唸ったあとで、やけくそ気味の声を発する。

「この土壇場で、いまさらどうにもなりゃしない。このひとが演れるってんなら、出すしかないだろ！」

いまにも引っくり返りそうな穴埋め要員を雇ったことを、このとき彼は本気で後悔していたに違いない。

そしてその懸念はあながち間違いとも言えなかった。なぜなら松阪はこのあと過呼吸の発

作を起こしてしまったから——ただし、自分の演技がすべておわって、楽屋まで戻ったのちに。

「松坂さん、やっぱり無理なんじゃ……」

ふらつく松阪を抱きかかえるようにして劇場を出ていきながら、畑野が表情を曇らせている。

「平気だよ。明日の舞台もちゃんと出るし、ほかの役を取るためのオーディションも受けに行く」

「ですが」

「畑野さんは板に乗った僕を観てくれただろう？　あの団長も明日来るなとは言わなかった」

舞台に出る前後には全身が震えたし、貧血も過呼吸も起こしたが、演技をしている最中にはわずかも内心の怯《おび》えや葛藤《かっとう》を出さなかった。

俳優をやめた前のときとは違う。いまの自分を支えているのは風由来への想いなのだ。

「僕はやれるよ」

劇場でも他の役者たちからは遠巻きに見られていることは知っていたが、松阪はどんなに緊張していても周囲への挨拶は欠かさなかった。もちろん、演技もいっさい手を抜く気持ちはない。

そうやって毎日の舞台をこなしているうちに、次第に周りの目も変わる。やがて公演が千秋楽を迎えるころには座付き作者が松阪の台詞を大幅に増やしていて、かなり目立つ扱いになっていた。

「いやあ、よかったよ。最初はどうなることかって思ったけど」

団長が松阪の肩を叩き、打ちあげの飲みの席では演技についての細かい点を指摘したり褒めたりする。それにほかの団員もくわわって、みずからの演技を顧みて反省もし、もっとこうすればよかったと意見も出し合い、酎ハイ片手に熱っぽく語り合う。

松阪にしてみてもそんな雰囲気はひさしぶりで、ウーロン茶を啜《すす》りながら皆の意見に真摯《しんし》に耳を傾けた。次の公演でも是非出演をと頼まれて、ふたつ返事で承知したが、問題はタレント業との兼ね合いだった。

「ごめんね、畑野さん。スケジュール調整は大変だろう？」

「いいえ、松阪さんがいちばん大変なんですから」

小劇場での出演をきっかけに、あれからぽつぽつとちいさな役が舞いこんでくるようになっていた。どんな役でも芝居ができればとすべてを受ける松阪は目の回る忙しさだ。

「ううん。僕はいいんだよ。好きでやらせてもらっていることだしね」

それに、仕事に忙殺されているほうが、風由来に会えない寂しさを忘れられる。

これは言葉に出さないでつぶやくと、松阪はマネジャーに問いかけた。

「それより次のオーディション。どんな役を募集してるの？」

「ああ、えっと。じつはですね」

畑野の説明をひととおり耳にして、松阪は目を瞠った。

「それってすごくいい役だね」

すでに何期も放映が続いているそのドラマは、元やくざの組長が下宿屋をひらいていて、そこにたいてい六、七人ほどの男女が住んでいる設定だ。

海外からの留学生を含む彼らはさまざまな問題をかかえていて、それゆえに発生する出来事に悩まされるが、最後には下宿の大家である元組長に救われる。

今回そのドラマが求めているのは、年に一度、二時間枠で放映するスペシャル番組のゲスト役。下宿人のひとりである男子学生の担任教師がそれだった。

オーディション用に開示されているあらすじでは、担任教師は元組長と協力して男子生徒の窮地を救う流れであり、主役と絡《から》みが多いだけにかなり目立つポジションにいる。

「でもですね」

受ける前からあれですがと、顔をしかめて畑野が言う。

「すでにその役はジャパン芸能さんとこで決まりだそうです」

「……ああなるほどね。そういう話か」

オーディションとは名ばかりで、最大手の芸能事務所が配役の内定をもらっている出来レースと理解する。

「それに、主役の荻田《おぎた》さんは監督とツーカーの仲なので。今度のオーディションの面接にも来るらしいです」

荻田とは、つまり松阪が励ましてもらったにもかかわらず迷惑をかけた男だ。

あのとき主役をしていた荻田は、松阪のとばっちりでドラマが打ち切りになってしまった。今度のスペシャル番組に出られたら汚名返上できるかと思ったが、そもそもそれ以前のようである。すでに配役が決まっているオーディションで、しかも発言権のある荻田は松阪を嫌がるだろう。

「やめときますか？」

「ううん。出る」

それでもと、松阪は心を決めた。

「可能性がゼロじゃないなら、どんなことでもしておきたいんだ」

風由来に一歩でも近づけるなら、その努力を惜しみはしない。

「まあ……松阪さんがそう言われるなら」

畑野は不安な様子ながらも譲ってくれたが、彼の心配は結局的中したらしい。面接会場でテーブルの向こう側に座った荻野は、松阪の姿を見るなり思いっきりの渋い顔を見せたから。

そのあと松阪は数名の受験者たちと並んで、質問に答えたり、要求された演技をしたり、発声やパントマイムをしたりしたが、荻田は横を向いたまま途中大きなあくびをしている。

「これで面接は終わりです。結果はのちほど電話か郵便でお送りします」

お疲れさまでしたとスタッフのひとりに言われ、松阪はこの時点で駄目だったなとわかってしまった。

勇気を出してここまで来たが、結果は空振りに終わったらしい。

松阪が「ありがとうございました」と礼をして、会場の外に出ていこうとしたとき。

「ちょい待ち、アンタ」

荻田の声に受験者全員が振り向いた。荻田はしかし、松阪を指差している。

「アンタ、なにしにここに来た？」

「なにって、オーディションを受けに来ました」

「なんのためにオーディションを受けに来たんだ？」

「それは、役が欲しいからです」

「ほんとかよ。とてもそうは思えねえけど？」

今年四十歳を迎えた荻田は元組長の役どころそのままに伝法な調子で言って、意地悪く笑っている。松阪は背筋を伸ばして相手の顔を見返した。

「本当です。どうしても僕はこの役が欲しかったので、こうしてここに立っています」

「役を手に入れても、それをまっとうすることもできねえのに？」

「あのとき迷惑をおかけしてしまったことは何重にもお詫びします。ですが、僕は今度こそいただいた自分の役をやりとげるつもりでいます」

退《ひ》かない松阪と、皮肉っぽいにやにや笑いの荻田のあいだで火花が散った。他の判定者たちはうろたえた様子だが、真ん中の監督だけは面白そうな顔をしてこちらを見ている。

「んなこと口ばっかで言われてもなあ。やってみて、この役が合わねえ、嫌だとなったときにゃあ、またぞろ逃げ出す気なんじゃねえの？」

「そんなことには絶対になりません。僕は芝居ができるなら、たとえ遊園地の着ぐるみショーにでもよろこんで出る気でいます」

「は。大口叩くねえ。じゃあ、やってもらおうじゃん」

荻田がパチンと指を鳴らす。

「おい。誰か着ぐるみ持ってこいよ」

「え、でも」

「ここはスタジオだ。それっくらいあるだろうが」

スタッフたちがおろおろするなか、監督が「いいよ。持ってこさせなさいよ」と口を添える。

彼らのひとりが出ていきかけて、荻田がそれをとどめたうえにこっそり耳打ちしていたのはどんな目的だったのだろうか。

まもなく松阪は運ばれてきた着ぐるみを前にしてその理由に気づかされた。

「どうだ、すげえだろ。とびきり可愛いのを選ぶように言っといたんだ」

その言葉が真逆なのは、渡されたブタの着ぐるみを見ればわかる。

本来、子ブタの着ぐるみは可愛いものだ。しかし、このブタは可愛くない。なにがどうしてこうなったのか、子供が見れば泣き出すような気持ち悪さ。もしも彼氏がこれを着てみせたとしたら、百年の恋も醒《さ》める不細工さである。

「やめとくか？」

松阪はそれには答えず、着ぐるみを持ちあげて足を通した。

すでにこの段でわかったが、これは猛烈な異臭がする。古いせいかなんなのか、汗の残り香だのカビだのが混然一体となって、まともに息をしていれば倒れそうな臭《にお》いである。

それでも松阪は表情を変えないままに腕も通し、そのあとではたと困る。

「チャックを……」

背中のジッパーに手が届かない。もぞもぞ腕を動かせば、荻田が立って傍に寄り、そこのジッパーをあげてくれた。

「あ、ありがとうございます」

「いいけど、くっせえな！　あと、似合う」

目の端に笑い皺《じわ》を刻みながら、彼が頭部をさずけてくれる。松阪はもう一度礼を言って、それを頭にすぽりとかぶった。

臭《くさ》い。それに、ずいぶんと視界が悪い。コミカルな動きを少ししてみたが、慣れないことで足がもつれて横に倒れる。とっさに受け身を取ってころころと転がったが、そこからどうやって起きあがればいいのだろう。

床の上で困っている最中にブッハアと大笑いが聞こえるのは、たぶん荻田のだ。松阪を笑い者として嘲《あざけ》ることで溜飲《りゅういん》が下がるなら、それでもいい。彼にはずいぶん迷惑をかけたしと、殊勝な思いを浮かべたとき。

「ほら、手え出せよ。立たせてやる」

言うとおりに腕を伸ばすと、強い力で引っ張られる。そのあと、頭部が抜き取られ、ひらけた視野のすぐ近くで荻田が目尻《めじり》に涙を滲ませて笑っていた。

「アンタ、すげえな。面白《おもしれ》え。やっぱし俺の思ったとおりだ」

言いながらバンバンと肩口あたりを叩かれる。

着ぐるみなので痛くはない。ただ、叩くにつれて埃《ほこり》が多量に舞いあがるのには閉口する。松阪は目を細めて、咳《せき》の発作に耐えながら、なんだかやたらと興奮している荻田の顔を眺めていた。


オーディションにはてっきり落ちたと思ったのだが、蓋《ふた》を開けたら受かっていた。

「やりましたね、松阪さん。あの役が獲《と》れるなんて奇跡です」

「うん。僕も不思議だと思ってるよ。教師役はほかで決まりと聞いていたから」

言って、松阪はそのことに気がついた。

「だけど、いいの？」

「なにがです？」

「ジャパン芸能が押さえてたのを横から奪った形だろう？　あとで問題にならないかな」

「問題になろうとなるまいとかまいませんよ」

「でも」

「そのためのマネジャーで、そのための事務所です。松阪さんはお気遣いなく。芝居に専念してください」

胸を叩いてそう言いきった畑野の自信が頼もしい。

「うん。頑張るよ」

思わず微笑んで返したものの、実際にスタジオ入りしたときは足が震えた。

「だ、大丈夫かな。頑張るつもりでいるんだけど……」

いざ芝居がはじまればこうした怯えは完全に治まるけれど、やはりトラウマはそうたやすく消えてくれない。これでも意識が飛ばないぶんだいぶましになったのだがと、畑野と一緒に楽屋に入る。と、その直後。松阪は息を飲んで立ちすくんだ。

「うわ……」

松阪に用意された楽屋はいわゆる大部屋で、さんざんなブーイングから復帰途中の俳優に、その扱いは順当だ。しかし、自分の名札が置かれたその席に真っ赤な液体がかけられた状況はまともであるとは言えないだろう。

これはペンキか？　いや、きつい臭いがしないから絵の具かもしれないな。そんなことをぼんやり考えて立っていたら、背後からいきなり肩を摑まれた。

「おい」

びくっとして振り向くと、Tシャツにジーンズ姿の男がいる。

「あ……荻田さん？　どうしてここに？」

「アンタが来たって聞いたから、挨拶しに……って、んなこたあどうでもいいよ」

荻田は惨状を呈している席を見て顔をしかめる。

「あそこ、アンタのやつだろう？」

松阪は無言でうなずく。すると荻田は「そっか」と低くつぶやいたあと、松阪の肩をあらためて抱きこんだ。

「こっち来な」

「あっ、どこに？」

慌てて聞いたのは畑野だった。

「俺んとこ。そっちにいるから、マネジャーさんは片づけ頼むわ」

荻田はぐいぐい松阪を引っ張っていき、廊下の途中まで来たときにぼそりとこぼす。

「誰だかしんねえが、あんなくだんねえことしやがって」

忌々《いまいま》しいと言わんばかりの口調だった。そうして松阪をのぞきこみ、

「アンタは俺の楽屋を使いな。今回の撮影が終わるまで一緒でいい。そうしときゃ、クソつまんねえ嫌がらせはなくなるし」

「あ、ありがとうございます。でも、いいんですか？」

「いいって、なんで？」

「僕と一緒の楽屋になって」

「かまやしねえよ。アンタをどうでも使うと言ったのは桃《もも》ちゃんカントクなんだからな。そのアンタにいじめみてえなのさせとくのは俺だって気分が悪い」

桃木《ももき》監督はこの番組の総監督で、荻田と懇意の仲でもある。そのためかと合点がいって、彼に抱きこまれた姿勢のまま男らしい顔立ちを眺めあげる。

「俺もアンタと演《や》れるのを楽しみにしてたんだ。なのにいい気分をぶちこわしにしやがって」

意外なことを聞かされて、松阪はまばたきした。

「なんだ、その顔」

「ですが、あなたは怒っていて……」

「怒ってねえよ、って、そりゃあれだ。面接会場のときだろう？　そらあんときはしゃあねえよ。アンタはいつ現場に戻るのかと思ってたのに、あんな有象無象と横並びにテストなんか受けてんだもんな。俺はアンタがグンバツに上手いのなんか知ってるし。なにちんたらやってんだって、頭にきたんだ」

それで、松阪がオーディションを受けている最中にそっぽを向いてあくびをしたのか？

思わぬことに驚いたが、彼の気持ちはとてもうれしい。

いったん足を止め、心をこめて礼を言ったら、相手は照れた顔をした。

「なあに、いいってことよ――」

荻田がふいに言葉を切って、前を見る。つられて松阪もそちらを向いて――全身を固まらせた。

「ふゆ……」

直接彼の姿を見るのはひさしぶりだ。偶然こうやって行き会うことがあったとしても、なごやかな交流にはほど遠い。こちらに気づくと風由来はさっと視線を背け、そうされると松阪は胸の奥がずきずき痛んでうなだれてしまうのだ。

しかし、今日の風由来はこちらに強いまなざしを注いでいる。まるで心臓を射抜かれてしまった気分で呼吸さえ忘れていたら、ふいに荻田が声を発した。

「おい、そこの。なんか用か？」

風由来は返事をしないまま、足を速めてふたりの脇を通り過ぎる。撮影の衣裳だろうスチームパンク風操縦士の格好で、彼は無言のままに廊下の奥に消えていった。

「なんだ、あれ。すげえこっちを睨んでったな」

チッと舌打ちし、荻田がふたたび歩きはじめる。

「あいつ、あれだろ。アンタとおなじ事務所の風由来。アンタを嫌ってるんだって噂には聞いてたが、あの様子じゃ本当のことらしいな」

荻田が納得した顔でうなずいている。

「嫌われては……」

いないと思う。だが、本当にそうだろうか？

風由来と松阪が不仲なのはそれぞれのファンだけのはずだったが、こうしてふたりが目も合わさずにいるのを見れば、おなじく仲が悪いとされてもしかたがない。

かつて風由来は松阪を――本当に好きなひと――と言ってくれたが、あれはこちらを思いきるときの言葉だった。自分の身体のことを打ち明け、それを最後に彼は松阪から離れたのだ。以後はたまに出会っても、こちらを決して見はしない。

まるで嫌なものにでも出くわしてしまったふうに、頑《かたく》なに視線を逸らす。

しかし今日は例外で、じっとこちらを見つめてきたが、でもあれはたぶんいい意味ではないだろう。見るというより睨みつけ、不愉快でならないという顔をしていた。

どうしてあんなに睨んできたのか？

沈んだ気分で松阪は考える。

もしかすると、変化の速いこの業界で、風由来はいつしか自分を嫌悪するようになってきたのか？　役者をやめるとまで言ったのに拒絶された記憶ばかりが大きくなって、彼にとってはこちらのことなど黒歴史にすぎなくなった？

思いをめぐらせているうちに、知らずうなだれていたらしい。

「気にすんな」

そう言って、荻田が背中をバンバン叩く。

今度は着ぐるみを着ていないのでかなり痛い。

「そんな、うっかり水に落ちた猫みたいになるなって。アンタは天然モノだから知らねえかもなんだがな、この業界じゃよくあることだ。元気出せ」

「はは……大丈夫です」

天然モノってなんだろうと思ったが、荻田が自分を励ましてくれているのはよくわかる。

「今度の芝居は僕も楽しみにしていたんです。絶対に気を抜かずに頑張りますから」

「おお。そうしろそうしろ。桃ちゃんカントクと、俺とのスペシャルなんだからな。ヘタこいたら承知しねえぞ」

「はい」

そうだ、本当に……と松阪は落ちた気分を立て直す。しょんぼりしている場合ではない。

自分がこの世界に戻ったのは、風由来と対等に向き合いたかったからではないか。すれ違い、行き詰まったあの状況ではどうにもならない。彼もあの晩言っていたが、ふたりの意思とはかかわりなしに、どんどん互いが遠ざかる。だったら今度はと、松阪は決めたのだ。

自分のほうが彼に近づく。雇い主と、ヘルパーではなく。元役者のタレントと、いまをときめく新人男優としてでもなく。おなじ場所で。おなじ目線で。

もしもまだ間に合うのなら……たとえもう遅いとしても、彼を好きだと伝えたい。そのために宮森の手を借りず、こうして一から風由来の元にたどりつこうとしているのだ。

「ああ、荻田さんすみません。ありがとうございます、松阪に部屋を貸していただいて」

そののち松阪が、荻田の楽屋でヘアメイクやスタイリストの手によって支度を済ませ、指定された収録場に行ったとき、遅れて現れた畑野が何度も頭を下げる。荻田は鷹揚《おうよう》にうなずいて、

「いいさ。そっちもいろいろ大変だろうし、困ったときはお互いさまだ」

それからこそっと畑野にたずねる。

「誰の仕業《しわざ》かわかったのか？」

「いえまだはっきりとは。ですが、だいたいの目星はつけられそうですが」

「そっか。まあせいぜい気張って、おたくの姫さんを守ってやりな」

そう言って、畑野の背中をバシンと叩いた。

「は、はいっ」

その力に押し出された畑野がよろめきつつ寄ってくると、表情ばかりはきりりとしてこちらに告げる。

「松阪さん、すみません。そのためのマネジャーと大口叩いておきながら、あんな失態をしでかして。ですが、これ以降は絶対にトラブルがないようにいたしますから」

「うん、ありがとう。でも、べつに畑野さんのせいじゃないよ。僕に悪いと思わなくてもいいんだから。あとね」

松阪は声をひそめて彼にたずねる。

「天然モノとか、姫さんってどういう意味だろ？」

小声のつもりが、荻田に届いていたらしい。背後で彼が吹き出した。腹をかかえて笑いつつ、

「……ひーっ、たまんね……これで、ライトの下に行ったら……化けんだから、面白えよな……っ」

なにがどう面白いのかいまいちわからないことながら、撮影のほうは順調に進んでいった。

カメラの前で主役の荻田はさすがの魅力と演技力を見せつけて、こちらのパワーを最大限にまで引き出してくる。桃木監督も的確な指示と指導で、松阪は自分がここまでと思った水

位がさらにあがっていくのを知った。

松阪の演じる教師は、最初は無気力で事なかれ主義。それが下宿人の生徒を通じて荻田と接し、やり合ううちに、次第に血の通う人間へと変貌《へんぼう》していく。

やがて教師は自分の生徒をかばうために危険を冒して突っ走り、最後のシーンでは殺されそうになったところを、荻田扮《ふん》する元親分に助けられる。

この場面は屋外ロケで、放水器がつくり出すどしゃ降りの雨の下での熱演となり、最後のカットが終わったときにはスタッフ全員から拍手が起きた。

「すごかったです、松阪さんっ！」

「息も忘れて演技に見入って、死んじゃうかと思いましたっ」

監督からはこの撮影を通じて初めて「よかったよ、お疲れさん」との言葉をもらい、荻田からは「やるじゃん、アンタ。クソ、俺も負けらんねえ」とくやしそうな嬉《うれ》しそうな顔で言われた。

「ありがとうございます。これもすべて皆さんのお陰です」

ずぶ濡れのまま頭を下げる松阪にタオルをかけてくれた畑野も、高揚しきった顔をしている。

「お疲れさま、松阪さん。見てて震えが走りました。これは、きっといきますよ」

畑野にはなにかの予感があったようだが、そのあと水たまりにへたりこんだ松阪はそれを問う余力がなかった。

「これで……」

風由来に少しは近づくことができただろうか？

彼はいま、この業界でめきめき頭角を現している。最初にやったドラマのヒロインの弟役は大当たり。準主役の自衛官を演じていた映画でも、彼の鮮烈な存在感が大きな話題になっていた。テレビに、ラジオに、街頭広告にと、彼の姿は世間の隅々にまで広まっている。

そんな風由来とおなじ場所、おなじ目線までたどりつきたい。

そのための一歩になればと願ったドラマは、放映中の視聴率がシリーズ最高をマークした。連絡をもらった畑野は満面に喜色を浮かべて、

「やっぱりそうじゃないかって思ったんです。これで俳優松阪絢希の完全復活、いえ、それ以上になりますよ」

今後はタレント業をぎりぎりまで抑えるようにしましょうと畑野は言う。

「契約が終わるまではしかたないと思いますが、それ以降は芝居中心のスケジュールでいいですね？」

「うん。いいよ」

うなずいてから、松阪はいまもっとも知りたいことを聞いてみる。

「あのね。もしも、なんだけど……風由来くんと共演の話が来たら、事務所は承知してくれるかな？」

「風由来くん、ですか？」

一瞬畑野は虚《きょ》をつかれた顔をして、それからおもむろに渋面《じゅうめん》になる。

「いきなり拒絶はないでしょうが、ファン対策はがっちりしないと難しいと思いますよ。風由来くんは出待ちや追っかけがすごくって、専任のマネジャー以外に常時スタッフが何人も駆り出されていますからね。風由来くんのファンは特に十代の若い子が多いから、いまだに事あれば暴走しがちで、事務所も頭が痛いんです」

「……畑野さんは反対なの？」

「私は……。ああ、いいですいいです。わかりましたから、そんなしょんぼりしないでください。もしも共演の話が来たら、事務所と図って万全の警備態勢で臨みます。あなたの安全を第一に、ファンの騒ぎを最小限に食いとめるよう頑張りますよ」

「ありがとう、畑野さん」

「ただし、共演の話があってからですよ。荻田さんのときみたいに、自分からオーディションを受けに行くのは駄目ですからね」

なんでバレたのかと思ったが、しぶしぶ松阪はうなずいた。

「うん。わかった」

「ほんとにですよ。頼みます。風由来くんはいまでこそおとなしくしてますが、前はちょくちょく自分の部屋を抜け出して、あなたのいるマンション付近をうろついていたんですから。

そのたびに深夜に電話がかかってきて……」

　そこで畑野はしまったという顔をした。

「風由来くんが……!?」

「いえそうじゃなく。以前はたまにそんなことがあったかなという程度です」

　疲れていて間違えましたと、妙にきっぱり言いきった。

「ところで今晩出席する打ちあげパーティなんですが、荻田さん、それに桃木監督があなたに会えるのを楽しみにしているそうです。松阪さんも今夜ばかりはアルコールをたしなまれてはいかがです？」

　前にあれほど酒好きだった松阪を慮《おもんぱか》って畑野が言う。気晴らしを勧めてくれているのはわかって、しかし「ううん」と首を振った。

「いまは飲む気になれないんだ」

　風由来のつくるカクテル以外は。あれよりほかの酒を飲みたいとは思わない。

「畑野さん」

「なんです？」

「僕、もっともっと頑張るね。たくさん芝居の仕事が来るように努力する」

　そうしたら、いつかきっと風由来との共演話が舞いこむかもしれないから。

しかし、松阪が願っている風由来との共演話はいつまで経ってもやってこない。じりじりと焦げる思いで待ちわびているあいだに、松阪は荻田が主役の連続ドラマから声がかかり、すでに出演が決まっていた。スペシャル番組での評判が相当によかったのと、監督たっての希望もあって、次回のクールでは何回か教師の出番をもうけたのだ。

そののち撮影の日が来たときは、松阪は荻田の隣の楽屋になったが、畑野に言わせるともう嫌がらせの心配はしなくてもいいらしい。

「あの件は目撃者捜しも含めて徹底的に調査した末、ジャパン芸能の差し金なのをつきとめたんです。まあ、あちらさんはスタッフが勝手にやったことだって主張していましたがね。ともかくこちらは文書で厳重に抗議したうえ、あちらさんが得する形のバーター出演を持ちかけました」

そうなのかと松阪はこっくりとうなずいた。

バーター出演とは、有名人と格下の芸能人とを抱き合わせて番組に出させることだ。

「逆恨みではあるんですが、役を奪われた怒りをそれで帳消しにしましたからね。今後はなにもないはずですよ」

確かに以後、楽屋でのトラブルはない。それに、スタジオ入りするときに常に感じていた緊張も、撮影が重なるたびに徐々に薄れていくようだ。

少しずつ、また失敗するのではないかという怯えが減り、代わりにいまから演じることへの期待感や楽しさが増している。荻田の連ドラだけではなく、次第にあちこちの番組からも声がかかるようになり、CM契約の話も来て、松阪にとっては忙しいが充実した毎日だ。

役者として過ぎていく日々がそれなりに楽しくて……ただ風由来がマンション前をうろついていたことがある、畑野からそう聞かされた晩からは自宅の周囲を何度も見回す癖がついた。もしも風由来がいるのを見たら、きっと自分は矢も盾もたまらずに彼に駆け寄り、飛びついて、

――僕は寂しくなんかない。きみを求めてなんかない――ああ言ったのは嘘なんだ。本当はきみがいなくて寂しかった。きみをずっと求めてた。僕が役者に戻ったのもそのためだ。きみの近くに行きたくて、それで怖いけど頑張ったんだ。

松阪がそう訴えたら、風由来はよろこんでくれるだろうか？

もしも彼がよろこんで笑顔を見せてくれるなら最高だけれど……たぶん違うんじゃないだろうかと考えてしまうのは、以前目にした彼のあのまなざしがあるからだ。

不愉快でならないように自分を睨んだ風由来の顔つき。

彼はいつもあんなふうに自分の気持ちをぐちゃぐちゃにしてしまう。たまに近づいて、こちらを混乱の極みに落とす。

「きみはいまなにをしてるの？　僕のことなんか嫌いになった……？」

こうやっていつまでも悩んでいるのはたぶん自分ばかりかといっそ恨めしいような気持ちにもなるけれど……やっぱり彼を思いきれない。

「でも風由来くん……僕はまたきみに会いたい、話がしたいよ……」

いままでは、誰かをこれほどまでひたむきに欲しがることはなかったのに。ただ闇雲《やみくも》に相手を求める。それなしではいられない気持ちになる。松阪をそんな気分に駆りたてる恋という想いは不思議だ。

いつのまにか風由来という触媒が自分のなかに入りこみ、化学反応を起こしてしまった。いいにせよ、悪いにせよ、自分はもう風由来を知る前の自身には戻れない。

そんなふうに松阪が悶々《もんもん》としつつ、それでも役者の仕事を日々精いっぱいに務めながら過ごしていたとき。畑野がその報《しら》せをたずさえてきた。

「松阪さん、来ましたよ」

「なにが？」

撮影の休憩中、卵サンドを食べる途中で問い返す。

「風由来くんとの共演話」

「……っ！」

とたん、ゆで卵の欠片《かけら》が気管に入りこみ、松阪は盛大にむせてしまった。

「だ、大丈夫ですか？」

しばらくのちに、ようやくしゃべれる状態になったところで、涙目の松阪は畑野を見あげた。

「いつ、どんなっ？」

「顔合わせは来月です。撮影はその中旬から。監督は、特殊撮影では業界一の小池《こいけ》さんに決まりました。脚本はミステリ系に強いと評判の丸塚《まるづか》さん」

「だったらその台本って、ミステリ系？」

「いえ。近未来ポリスアクション、と言ったらいちばん近いですか。ドラマのタイトルは『アヴァロン』だそうです」

「それって、確か神話かなにかの？」

「ええ。ケルト神話にありますね。英雄のアーサー王が亡くなったといわれる島で、かつ桃源郷のような場所。近未来の日本警察は、そこからとった『アヴァロン・システム』が統括しているんだって設定です。その話のなかの巡査役が風由来くん。松阪さんは、彼の敵でもあり味方でもある正体不明の男です」

それ以上の詳しいことは後日正式に依頼書と台本が届いたときにわかると言う。

「今回メインは初主役の風由来くんです。ヒロイン役は生方《うぶかた》さん。あなたは助演に回りますが、かなりおいしい役どころです」

どうです、やりますかと畑野が聞く。

「うん、もちろん。絶対やるって伝えてほしい」

「そう言うと思いましたよ」

言って、畑野が苦笑する。

「風由来くんとこちらのファンとはいまだに対立していますがね、それを差し引いてもふたりにとってはいい話です。事務所としても風由来くんとの不仲説をいつまでも引きずることはイメージ的にもよくないと判断しました」

「じゃあ」

「はい。主役と共演ですからね。いままでみたいにすれ違っても挨拶もしないとか、そんなわけにはいかないでしょう。風由来くんのファンクラブは事務所側と連携して、若い子たちのマナーアップに成功しているようですし。ひとまずは、ふたりの接触禁止という社長命令は解除です」

「本当に⁉」

うわあうれしいと気持ちが弾んだその直後、風由来が厳しい顔をしてこちらを睨む光景を思い出した。

「どうしたんです。よろこばしいニュースではなかったですか？」

不安な面持《おもも》ちになる松阪を畑野が怪訝《けげん》に思ったようだ。

「なにかこの件で心配ごとでも？」

「風由来くんは、でもどう思っているんだろう」

いまさらこちらと仲良くするつもりはない。そんなふうに思っていたらどうしよう。

「ずいぶん長いあいだ話もしていないしね」

「まあ……そうですね。彼の気持ちは私にもわかりかねます」

あちらのマネジャーを通じて聞いてみましょうかと畑野が言う。松阪は「それはいいよ」と首を振った。

「そのうち顔合わせがあるはずだし。そのときには多少なりともわかるから」

風由来の気持ちが知りたいのは本音だが、マネジャーから前もって聞かされるのは怖いのだ。自分に対して彼がよくない感情をいだいていたら。そう思ってみるだけで、胸がきりきり痛くなる。

ようやく来た共演話。なのに松阪の心のなかには手放しでよろこべない自分がいた。


新番組『アヴァロン』の初顔合わせは、テレビ局の一室でおこなわれる予定だった。松阪は当日になる前からすでに緊張しっぱなしで、その日の朝を迎えるころには、治まっていたはずの過呼吸がぶり返しそうな気配があった。

もし無視されたら？　もしも自分がいるのを見て、すごく嫌な顔をされたら？　また前みたいに睨まれたら？

そう思えば冷や汗が背中に滲む。

今日は挨拶が終わったらすぐに台本《ほん》読みがあるとのことで、松阪はドキドキしすぎて壊れそうな胸をかかえて部屋に入る。

二十分前に来たのにすでにテーブルには何人かが座っていて、そのなかのひとりがさっと立ちあがった。

「松阪さん」

「……風由来くん？」

彼とわかっていたけれど驚いた。ラフなようでもお洒落《しゃれ》にカットされている髪。杢《もく》グレーのカットソーに、ダメージジーンズの服装は、かつてふたりが同居していたときに風由来がしばしば着ていたものに近いけれど、これはおそらくブランドものだ。

アクセサリーはなにもないが、あれから鍛えたのだろう胸や肩が、青年期を完全に脱した男の肉体に変わっていて、ちょっと目の前がちかちかするくらいの格好よさだ。

「その、ひさしぶりだね」

「はい、松阪さん」

「きみは……元気そうだ」

「松阪さんも」

彼は松阪がまぶしいものでもあるかのように目を細めてこちらを見やる。それからすっと上体を前に倒して、

「今日はよろしくお願いします」

「あ。僕こそよろしく」

深々とお辞儀をされて、あわてて松阪も頭を下げた。目線をあげたら、彼が以前とおなじようにおだやかに微笑んでいて、ドキンと心臓が跳ねあがる。

前と変わらずやさしい表情に丁寧な物腰。だったら、風由来は怒ってはいないのだろうか？松阪を嫌ってはいないのだろうか？　でも……感じよく接してくれはするけれど、これはしょせん外向きの態度に過ぎない？

不安が松阪の疑心を煽《あお》り、なにを言っていいのかもわからなくなる。ただ目の前にいる風由来の姿を見ていたら、

「おはようさん」とひらいたドアから声がした。入ってきたのは監督で、それを皮切りに次次とこの番組の関係者が集まってくる。

「そ、それじゃ、また」

周囲からの視線を感じ、松阪はそそくさと席に着いた。

不安もあるが、いまは勝手にあれこれと考えてもしかたない。無視はされず、笑顔もくれ

た。念願かなって、ようやく共演できたのだ。いまは風由来が前とおなじに接してくれたことだけを信じよう。

そうして自己紹介をそれぞれ簡単に済ませたあと、いよいよ台本読みがはじまった。

「なにが罪にあたるのかは『アヴァロン』が決めることよ」

「俺はそれがおかしいと思っているんだ」

「ちょっと。めったなこと言わないで。このシステムは完璧《かんぺき》よ」

「完璧？　じゃあ『アヴァロン』は神なのか⁉」

同僚の死をきっかけに、システムへの懐疑心をつのらせるのは風由来演ずる巡査。そして、彼の突出をいさめるのはヒロイン役の生方が扮する女性警部補。ふたりはやがて次々に発生する事件の渦中に叩きこまれ、おだやかな市民生活とは無縁な存在になっていく。そんな折、ふいに巡査の前に現れるのが松阪の演じる男だ。

「ねえ、きみ。言葉には気をつけたまえ。それはいずれ行動となり、習慣となり、そして――運命になるのだから」

「おまえは誰だ⁉」

風由来と松阪の視線が絡む。とたん、電流が走ったような感覚がした。彼もそれはおなじなのか、両肩がちいさく震える。

「わたしはシュレディンガーの猫」

「猫……？　なにをわからないことを。いったいどうやってここへ来た？　おまえの目的はなんなんだ⁉」

「それはいまはどうでもいい。こっちへおいで。助けてやろう」

現実には席が離れているというのに、その瞬間松阪は風由来の手を取った感じがした。

自分が役に乗り移り、ふわっと身体が飛翔《ひしょう》するような錯覚も同時におぼえる。

この感覚は……本当にひさしぶりだ。

虚構と現実がぴったりと重なる世界。松阪はそこで生まれて、笑って、怒って、恋して、老いて、死んでいく。

そのなかでは時間の観念は意味がなく、気がつけば台本読みは終わっていて、監督が「お疲れさん」と席を立った。

「松阪さん」

「え……？」

まだ少しぼうっとしながら無意識に声に応じる。

「疲れました？　大丈夫です？」

ふと見れば、風由来がすぐ脇からこちらをのぞきこんでいる。

「あっ、だ、大丈夫」

「松阪さんの『猫』、すごいです。俺ももっと稽古しなくちゃって思いました」

「そんな……きみもすごく上手《じょうず》になったね。感心したよ」

「ほんとですか？」

「うん。前に演った自衛官のも。あれは劇場に行くのは無理だったけど、おなじ事務所特典で畑野さんがＤＶＤを借りてきてくれたんだ」

「え。あれを観てくれてたんです⁉　うわ……ちょっと、すごくあせります」

話してみれば、思った以上になめらかに会話が進む。

少し緊張が残っている松阪に、風由来が気を遣ってくれているのだ。

こういうところは前とおなじ、いや、それ以上と感じるのは、彼もこの業界で揉まれて大人になったということだろうか。

前にも増してスマートに、魅力的になった男。こんな彼に甘え放題に尽くされていたなんて、まるで夢のようだった。

「きみは……少し変わったね」

「そうですか？　どんなところが？」

「大人になったって感じがする」

どういう意味か量るように風由来はこちらの顔を見たあと、口元をいくらか緩めた。

「大人になりたいとあれから思ってましたから」

「あれから？」

「あなたの部屋を最後に訪れていった晩。自分勝手な気持ちだけを押しつけて、あなたには嫌な思いをさせました」

ごく低く、松阪だけにしか聞こえないように風由来は言った。

「そんな、嫌だなんてそんなことない」

あの晩の出来事を思い出したら心が乱れて動揺するが、それだけははっきり言っておきたかった。

「本当ですか？」

「うん。きみこそ、僕に怒っていない？」

「怒ってません。どうしてですか？」

眉をあげて風由来が聞いた。

「だって……前にスタジオで会ったとき。荻田さんと僕のほうを」

睨んだとは言いかねたが、風由来は察したようだった。

「あれは……すみません、怒ってたんじゃないんです。大人になりたいとか言っておいてなんですが、あのことは俺がただガキっぽかったって話です」

理由はいまひとつわからないが、ともかく風由来は松阪を怒って睨んでいたわけではなさそうだ。

「ともかく」と幾分気まずい表情で風由来が言う。

「これから芝居を一緒にさせていただくことになりました。接触禁止も解除されたし、こうしてときどきはあなたと話をさせてもらってもいいですか？」

「うん。もちろん」

もやもやと思い悩んでいたことのいくつかは解消されて、ほっとした心持ちがぽろりと本音をこぼれさせる。

「僕はきみと共演したいと思っていたんだ。こんなふうにきみとまた話ができるようになって、本当にうれしいよ」

「俺もです。そのためにいままで頑張ってきましたから」

強いまなざしで風由来が告げた。

「松阪さん、俺は……」

さらに言いかけたとき、彼のマネジャーが近づいてきて「お話し中に申しわけありません」と恐縮した態《てい》で口を挟んだ。

「そろそろ時間が」

「ああごめん」

松阪はあわてて椅子《いす》から腰を浮かせた。

自分にもおぼえがあるが、風由来は現在過密スケジュールの最中で、たったいまも分刻みで動いているのだ。

「じゃあ、また。次は現場で」

松阪が立ちあがると、次いで風由来もそれに倣《なら》う。

「はい。現場ではどうぞよろしくお願いします」

そう言って、風由来が手を差し出した。松阪はその手を見てから、おずおずと自分の手を前に出す。

以前はもっと親密なスキンシップもしてきたのに、風由来と握手をするというだけで緊張する。

「こ、こちらこそ」

手のひらを触れ合わせ、互いのそれを握り合う。ごく単純な仕草なのに、頬が熱を持ってくる。

風由来はしばらく松阪の手を離さずにいたけれど、マネジャーから控えめにうながされ、ようやく自分の指を緩めた。

「それじゃあ、また。楽しみにしています」

そうして彼は消えていく。松阪は自分の手のひらに目を落とし——ファンがスターとの握手のあとで手を洗いたくないっていうのも、いまはなんとなくわかる気持ち——とそんなことを大真面目《おおまじめ》に考えていた。

『アヴァロン』の撮影がはじまるまでに、松阪は身体を絞り、体脂肪をかなり落とした。『猫』は年齢不詳、かつ無性的な見かけという設定なので、体力を維持しながらぎりぎりまで細くしたのだ。

髪や、眉毛や、まつ毛は銀色。眸《ひとみ》も銀で、白い肌に黒いタートルネックのセーター、それに黒革のパンツを纏《まと》う。その格好で楽屋を出て、スタジオに入っていったら、周囲がしんと静まった。

「あ。風由来くん」

彼の姿を見つけたのがうれしくて、手を振りながら近づいていく。今日の風由来はポリスマンの制服を着こんでいて、近未来風のデザインが彼のルックスをさらに素晴らしいものにしていた。

「その衣裳、よく似合うねえ」

感心しきってつぶやいた。

「僕のはどう？　変じゃない？」

「…………」

彼はずっと動かないままである。

「風由来くん？」

首を傾《かし》げて問いかけると、ようやく彼は口をひらいた。

「……ちょっと……言葉に、なりません」

そうしてじわじわと頬を赤くしていくから、松阪は心底びっくりしてしまう。

「風由来くんのそういうとこ、初めて見たね」

いつの間にか監督が傍にいて、にやにやしながら言ってくる。

「いつも落ち着き払ってて、可愛げのない男なのに。そうやってると、歳《とし》相応って感じがするねえ」

「風由来くんは可愛いですよ。それにすごくやさしいですし」

監督の言葉につられて、素直な感想をついこぼしたら、彼はさらに赤くした顔面を手のひらで覆ってしまった。

「ちょ、ほんとにもう……勘弁してください」

思いがけない彼の様子に、このやり取りを聞いていた役者やスタッフたちからは笑いが起きる。これで場の雰囲気がなごやかになり、そのためか今日の撮影はスムーズに進んでいった。

「これどうぞ」

ベンチに座って撮影待ちの休憩をしていたら、スタッフが用意していた弁当を風由来が差し出してくる。礼を言って受け取れば、彼が隣に座っていいかと聞いてきた。

「うん。どうぞ」

「それと、飲み物も持ってきました。お茶なんですが、いいですか？」

「いいけど、きみは？　食事をしないの？」

「俺は、あとから。いまは飲み物だけいただきます」

松阪にペットボトルの茶を渡し、自分はミネラルウォーターのボトルを開ける。松阪は包みをひらいて弁当を食べはじめたが、苦手なものに手をつけないのがバレたらしい。

「それだけでおしまいですか？」

「あ、ああうん」

「仕出しのやつは決まった食材がほとんどですしね。松阪さんの口に合うようなものはなかなか……」

言いさして、風由来はふっと考えこむ表情になる。

「もし、よかったら……この撮影のあいだだけ、俺がなにか作って持ってきましょうか？松阪さんの体型には影響が出ないような、だけど好みの食材で」

「えっ、いやいいよ。風由来くんはこのドラマの主役なのに。そんなことさせられないよ」

「でも」

「いいんだ、ほんと。僕も好き嫌いを言わないでちゃんと食べるし」

ほらほらと、あまり好きではないしいたけを口にする。

「ね、ちゃんと食べてるだろう？　役者は体力が第一だって、荻田さんも言ってたしね。一日のトータルで考えて、できる限りバランスよく食べるようにしてるんだ」

言いわけじみた台詞を洩らすと、風由来はそれきり黙ってしまった。

せっかく料理を持ってきてくれるというのを断ったから、気を悪くしたのだろうか？　しかし、彼は主役なのだし、いくらなんでもそうしたことは頼めない。

「役者に戻って、ようやく調子が出てきたからね。体調管理はなんとかできてると思うんだ」

すると、風由来は「ひとつ聞いてもいいですか？」と硬い調子で言ってくる。どうぞと応じれば、彼は真剣な面持ちで口をひらいた。

「松阪さんは、どうして役者に戻ったんです？」

きみとおなじ場所、おなじ目線で、好きだと告白したかった。それが質問への正しい答。しかし人目もある収録場のなかにいてそんなことは告げられない。やむなく松阪は次に近い想いを明かした。

「情けない想い出を少しでも払いたいって、そんな気持ちもあったかなあ。荻田さんにも、周りのひとにもいっぱい迷惑をかけたしね」

「松阪さんは……荻田さんと、仲がいいみたいですね」

歯切れ悪く風由来が言った。

「あ、うん。あのひとと芝居をやると啓発されることが多いよ。それに、人柄も魅力的だし」

「魅力的って、どんなところが？」

「そうだねえ。気さくでおおらかで、だけど結構こまかいところを見てるんだ。親分肌だけど、上からの押しつけはしないしね。現場の人間も共演者だけじゃなく、スタッフみんなが荻田さんを好きなんだ。僕もあのひとのそういうところが素晴らしいと思っているよ」

「そうですか……」

風由来は目を伏せ、ぼそりと言った。

「松阪さんはあのひととつきあっているんですか？」

意味が飲みこめず、聞き違いかと問いかける。

「ん？　いまなんて？」

「荻田さんがあなたにいちばんくやしいと思わせた人物でしょう？　前にスポットライトを浴びとけって助言をもらった。だからそうじゃないのかと」

説明されて、それでもすぐには理解できず、しばし考えてから腑《ふ》に落ちる。

「あー……えっと……あれ？　もしかして、そういうこと？」

ハッと気がついたあと、違う違うとあせって手を振る。

「確かにくやしいと思った相手はあのひとだけど、荻田さんは尊敬してる役者さん。ただそれだけだよ」

「ですが以前に、とても仲がよさそうに肩を抱かれていたでしょう？」

「え、どこで？」

「俺がスタジオの廊下で行き会ったとき」

「ああ、あのときのあれ？」

荻田とつきあっていたなどと風由来には思われたくない。松阪は急いでその折の事情を話した。

「楽屋の席が汚されてたから、荻田さんが自分のところに誘ってくれて」

「汚されて？　なにを、どんなふうにです？」

「え、えと。最初の日に楽屋に行ったら、僕の席に赤色の絵の具かなにかがかけられていて。驚いてたら、挨拶に来た荻田さんがそれを見たんだ」

「…………」

「あ。だけど、そのことはすでに解決してるから。僕があのドラマに横はいりして、それを怒ったほかの事務所が腹いせをしただけなんだ。相手側とはそのあと決着がついてるし、もう問題はなにもないよ」

「本当に？」

こっくりうなずくと、風由来はほっとため息を吐き出した。

「楽屋荒らしはショックですよね。松阪さんの気持ちを思うと腹が立ちます」

「あ、うん」

ありがとうとも言いかねて、中途半端な返事になった。

「今日の迎えはいつものように畑野さんが？」

「うん、そうだけど」

「最近は物騒ですから。仕事の行き帰りはかならずあのひとと一緒にいてくれませんか。俺と出会った晩みたいに、ひとりで路地裏に迷いこんだりしないでください」

「あれはもうやらないよ」

子供にするような説教めいた台詞を言われ、いささかむくれて彼に返した。

「酒だってやめたんだ」

「そうなんですか？」

「そうだよ。だって、きみの作った酒じゃなくちゃ美味《おい》しくないもの」

胸をトンと突かれたみたいに、風由来が目を見ひらいた。それでうっかり甘えたことをしゃべったと自覚する。

「……今度、松阪さんの好きなカクテルを作ります」

「うん……この撮影があがったらね」

「あと、すみません。松阪さんの尊敬されてる先輩を変なふうに誤解してて」

「ううん。それは、わかってくれたらべつにいいし……」

なぜかものすごく照れてしまって、ふたりして下を向く。

会話の先が思いつかず、けれども充分に満たされた気分のまま、松阪はスタッフが呼びに来るまでそこから動かないでいた。

そんなふうにふたりで過ごしたそののちも撮影は順調に進んでいき、今日のを除けば松阪の収録はあと一回を残すのみだ。

『アヴァロン』のテレビ放映もはじまっていて、こちらは初回の視聴率が20パーセントに近い数字を叩き出し、このシーズンではダントツトップの人気番組となっている。

松阪は夕方までにほとんどの撮りを終え、あとは風由来との絡みのシーンがあるだけだった。

ライトの下でふたりはそれぞれの位置につき、スタートの指示を待つ。

「はい。ヨーイッ」

カチンコが鳴り、カメラが回り、松阪の演技がはじまる。

「馬鹿だね、きみは。そんなにも死にたいのかい？」

アヴァロン・システムの中枢が収められたセンターへの侵入を試み失敗、ガードに追われて傷ついた巡査を見下ろし、『猫』が冷ややかにそう聞いた。

「あのシステムを壊すことなどきみにはできない」

「それでも俺は……っ」

「殺された仲間のために？　そんな感傷が通じる相手だと思っているのか？」

『猫』がいっさいの感情を乗せないで巡査に告げる。彼は無言で立ちあがった。

「どこへ行く？」

「おまえには関係ない」

「たとえ死んでも、せめて一撃食らわせたいのか？」

「そうだ」

「きみにその覚悟があるなら――わたしとおいで」

「おまえと？」

「そう。わたしが【島】に招待しよう」

「【島】とはなんだ？」

「【島】は【島】だよ。アーサー王が眠る場所。モーガンをはじめとする九人の巫女《みこ》たちが支配する楽園だ」

「……おまえの言うことが、俺には少しもわからない」

「理解する必要はない。わたしと来るか来ないかだ」

さあ、と『猫』が手を差し伸べる。そのときだった。

「うわっ」

悲鳴ともつかない叫びがいきなりあがり、なにかが派手に倒れていく音がする。

「どうした⁉」

「すみませんっ、なにか突然機材の一部が……」

見れば、照明スタンドや、大型の送風機が何台か引っくり返り、近くにあったセットも砕けてしまったようだ。

「カット、カーット！」

監督が怒鳴ってカメラをストップさせ、こちらのほうに向き直る。

「ふたりともすまないが、ちょっとタイム。大道具に直させるまで休憩してくれ」

「あ、はい」

集中力を取り戻すのに仕切り直しはありがたい。足元近くにまで飛ばされてきた石膏《せっこう》の欠片を眺め、松阪は目を閉じて、ふたたびひらいた。

いまはまだ『猫』モードを保持したいので、あえて風由来には声をかけずにこの場を離れる。呼びに来てもらうまで楽屋にこもっていようかと思ったが、廊下に出てすぐ誰かが声をかけてきた。

「松阪さん、すみません」

若い男はキャップを目深《まぶか》にかぶっていたが、このスタジオのネームカードを首から下げていることで、ここの関係者だろうとわかる。

「畑野さんから伝言です。大至急このスタジオの駐車場まで来てくださいって」

「え、でも」

「どうしても急ぐって。大事な用だと言ってました」

「大事なって？」

「さあそれは。それよりもすぐ行って戻らないと、休憩が終わりますよ」

「う、うん」

社長の呼び出しで事務所に行ったはずの畑野が、なぜ駐車場に来いと伝言してきたのか。そろそろ戻ってきていても不思議はない時刻だけれど、その場所でなにごとかあったのだろうか？

不思議には思ったが、すぐそこまで行って戻るだけのことだ。いつ監督から呼ばれるかわからないし、この男が言うとおり早くしたほうがいい。

松阪は衣裳を着たまま男のあとからスタジオ出口に向かっていった。

「ちょ、ちょっと。なんだかひとが多くない？」

「平気です。突っきっていきましょう。そのほうが早いです」

建物を出てみると、ひとがずいぶん集まっている。これは風由来の出待ちだろうか？

「突っきるなんてできないよ。僕はいったんスタジオに戻るから」

「いいから！」

「え……うわっ」

いきなり腕を摑まれて、ぐいぐいと引っぱられる。あらがっても相手のほうが力が強くて振り払えない。

「はっ、離してくれ！」

これ以上思うとおりにさせられたくない。外に引きずり出されてまもなく、松阪は無我夢中で抵抗し、男の手を振りほどく。

しかしそのいきおいでのけぞって、なんとか体勢を戻してみると、男の姿は消えていて、代わりに見知らぬ人間が松阪を取り巻いていた。

「……う」

どうしてこんなにひとが集まっているのだろう。人気俳優の出待ちとはあきらかに人数がことなっている。そのほとんどが女だが、なかにちらほら男の姿も交じっていて、ますますどういうことなのかわからない。

「こらっ。離れなさい。集まらないで！」

駐車場の警備員が事態に気づいて駆け寄ってくる。ほっとしたのもつかの間、腕を取られた女が金切声《かなきりごえ》をあげ、警備員がそれにひるんでいる隙にまたもひとが群がってくる。

「すご……これCG？」

「リアル『猫』」

「発光してる。拝みてえ」

つぶやき、ささやき合っている内容からしてみると、彼らは松阪の出ている番組を観ているようだ。

「アヤショーの本気ぱない」

「モノホンすげ」

「頭ちっちぇ」

「息してんの？」

しっかりしている。しかも、心臓はかなり乱れ打っている。

「絢希さまあっ」と叫ぶ声はどうやら自分のファンのようだが、依然としてまったくなにがなんだかだ。

もうすでに松阪の周りには十重二十重《とえはたえ》の人垣ができていて、どこにも逃げられる余地がない。しかもその輪はじりじりと縮まってくるふうなのだ。

これがもし、完全に狭《せば》まったら自分はどうなってしまうのだろう。

「ふゆき……くん」

おぼえず洩らしたつぶやきは周囲のざわめきに掻き消される。松阪が蒼白《そうはく》になりながら、ただ立ちすくんでいるしかできなかったとき。

「松阪さんっ！」

自分がいまもっとも求めている声が聞こえた。

「そこから動かないでください。いまそっちに行きますから！」

叫び声がするほうを見てみれば、人垣から抜きん出て背の高い男がいる。頭半分くらいしか見えないが、それは確かに風由来の姿だ。

彼はいらだたしげに「どいてくれ！」と怒鳴りながら、人波を掻きわけつつこちらを目指して進んでくる。

周囲の人々が風由来に気づいた瞬間に女の黄色い悲鳴があがり、松阪に集中していたひとの輪がいくらか崩れた。

風由来もまた役の衣裳を着けたままで、ポリスマンのいかつい姿はこういうときに役に立つらしかった。群れ集う人々は押しのける動作に逆らわず道をひらき、風由来を松阪のいるところまでたどり着かせる。

「松阪さんっ。よかった、無事で！」

人垣を割って現れるや、風由来は松阪をしっかりと抱きこんだ。自分の全身でかばうような男の仕草。ほっとするのと同時に甘い疼《うず》きが身体中を駆けめぐる。

「うわ。まんま『アヴァロン』」

「これロケ？　撮影してんの？」

そんな声とともにキャアッという歓声がけたたましく響き渡り、携帯のシャッター音がさ

らに激しく聞こえてくる。

ポリスマンの装甲服に額《ひたい》をつけた松阪に周囲の様子は見えないが「駐車場から速やかに出てください。押すと危険です。ゆっくり外に進んでください」と何度も流される拡声器のアナウンスが鼓膜を揺さぶる。

このときはわからなかったが、集まった人々を散らすのに警備員のみならず、スタジオの職員たちも総出でこの事態に当たり、なんとか警察を呼ばずに済んだということだった。

松阪は人垣が崩れてまもなく、駆けつけた警備員とスタッフたちに脇と前後を固められ、風由来とともにふたたび建物のなかに戻ることができた。

群衆から逃れてスタジオに入っても、風由来は松阪を手放さず、すべてが外敵であるかのように警戒を解かなかった。

ここに戻る途中だった畑野が慌てて飛んできて、ようやく風由来は松阪を腕の鎖から放したのだ。

「まったく肝が縮みましたよ。ともかくふたりが無事でよかった」

松阪をはじめとするこの件の関係者から事情を聴いて、畑野がまだ強張《こわば》った顔のままほっと胸を撫で下ろす。

これはあとからわかったことだが、松阪が外に出る一時間くらい前から、SNS上で、とある書きこみが出回っていたのだった。

拡散希望とタグのついたその書きこみには——俳優の松阪絢希がいまから一時間後にスタジオの外に出てくる。うるさいひとは誰も傍にいないから、ファンも、アンチも行ってみればいいと思うよ——ご丁寧に位置情報をつけたそれが、カウントダウンで執拗に流された。

その書きこみに刺激されて興味半分で行ってみた暇人たちが松阪の姿を見つけ、その情報がさらに広く散らばって、最後には手がつけられない騒動を招いたのだ。

「監督は松阪さんが落ち着いてから撮影を開始すると言っています。しばらく楽屋で休んでいますか？」

「ううん、大丈夫。でも撮影に入る前に、僕はみんなにあやまってくる」

まずは彼からと、自分のマネジャーと立っている風由来の元に歩み寄る。

「風由来くん、あぶない目に遭わせてごめんね。それと、ありがとう。きみが来てくれなかったら、僕はどうなってたかわからなかったよ」

「や、俺なんか。それより本当に無事でよかっ……」

言いさして、風由来は唇を震わせた。それからこちらに腕を伸ばして、

「あなたにもしものことがあったら……俺は、ほんとに」

抱き締められて、わななく声が鼓膜を揺らす。

彼は怖がっている。群がる人々をものともせずに助けに来てくれたこの男は、松阪が傷つくことだけを恐れているのだ。

「風由来くん」

自分を想って怖がる彼が愛《いと》しくてたまらなくて。平気だよと彼に伝えてやりたくて。松阪は震える背中をそっと撫でた。

「大丈夫。僕は大丈夫だったから」


松阪をおびき出した帽子の男は、その後の調べでジャパン芸能の俳優であるとわかった。

事務所との取引後、バーター出演でそこそこいい役をもらったものの、そちらのほうの視聴率は伸びないまま、彼自身もほとんど評判にならなかった。それに引き換え『アヴァロン』は大当たり。おなじスタジオで撮影している松阪を見るにつけ、またも恨みが再燃し、今回の犯行に及んだらしい。さすがにジャパン芸能も今度のことを重く見て、また似たようなことがあれば即刻事務所をクビにすると彼に対してきつく叱責したようだ。

この業界ならではの甘い処置だが、畑野はむしろ首輪がついているほうがいいと言う。下手にやけくそになられると、ああいう手合いは面倒だからと。

もっとも男の素性がわかり、このような結着がついたのは『アヴァロン』の撮影が完全に終わってからだ。現在は『巡査の胸におさまった猫』の画像がＳＮＳ内を飛び交い、それのみならずあちこちのマスメディアでもひんぱんに取りあげられている最中だ。

そのためもあってなのか、番組の視聴率は急角度の右肩あがり。あのハプニングは番宣で、やらせだというネガティブな意見もあるにはあったようだが、おおむねはこの光景を面白がり、楽しんでいるようだった。

「監督、おはようございます。今日もよろしくお願いします」

「おう、まっさかちゃん。今日も別嬪《べっぴん》さんだなあ」

黒メガネの監督がにやっと笑い、そんな軽口を叩いてくる。『アヴァロン』は最終的な視聴率次第では、今後映画化の話も皆無ではないそうで、もしかしたらこの監督とまた一緒に仕事ができるかもしれなかった。

「松阪さん、おはようございます」

そして、風由来とも。

「うん。おはよう。今日が最後の絡みだね。お互いに頑張ろう」

そんな会話を交わしてのちはじまった撮影は、ＶＦＸを駆使しての仕あがりになるはずだったが、松阪は眼前の風由来のみに集中している。

すでに松阪は『猫』以外の何者でもなく、傷つきながらも真実に肉薄していく真摯な巡査と対峙《たいじ》していた。

「もう一度聞く、おまえは誰だ？」

「だから、前にも言ったろう。わたしはシュレディンガーの猫。重なり合う事象の彼方《かなた》に存在するもの」

「違う。おまえはそんなあやふやなものじゃない。見えるし、聞こえるし、ちゃんとさわれる。俺を助けてもくれただろう。おまえは、俺の……」

「それ以上言ってはいけない。おまえに忠告しただろう。言葉はやがて——運命になるのだと」

「……っ、待て、『猫』！　どこへ行く⁉」

「わたしが行くべきところへと」

「やめろ、『猫』っ！」

「いずれ会える。人々がふたたびわたしを欲したときに。わたしは生きていて、死んでいるもの。箱の蓋がひらくまではそのままだ」

そうして『猫』は光になって、【島】の深部へ下りていく。巡査がアヴァロン・システムの中核に至るドアをひらいてやるため。

「はい、カーット！」

監督の声でハッと我に返る。これで自分の収録は終了だ。

風由来はまだ撮影が残っているが、松阪はこの撮りが最後だった。

「監督、ありがとうございました」

「おう、ご苦労さん。眼福だったよ、いい出来だった」

松阪は深々とお辞儀してそこを離れた。このドラマの最終撮りの日は、出演者が集まって打ちあげをすることになっているから、今回はスタッフたちとも簡単な挨拶にとどめる。

それでも皆から口々に「神がかってすごかったです。今日の撮りではずっと鳥肌立ってました」と賞賛され、そのうえに「もう『猫』に会えないのが……」と泣き出したり涙ぐんだりするスタッフも結構いて、くすぐったいけれどうれしかった。

「ありがとう。打ちあげには参加するね」

皆に見送られながら撮影所を出て、待っていたメイクさんと楽屋に向かう。このメイクは特殊なので、プロの手を借りないと落とせないのだ。

彼女もしきりにこの姿を惜しんでくれたが、松阪もべつの意味で寂しかった。

もうこんなにたくさん風由来とは会えなくなる。また、廊下ですれ違うだけの毎日になるのだろうか。

着替えを済ませてしょんぼりと楽屋を出ていこうとしたとき。

「あの、失礼します」

ドアをノックしたのちに現れたのは風由来だった。

「え、どうしたの？」

「収録の最終日にはまたちゃんとするそうですが、今日は『巡査』からこれを『猫』に渡してくれとスタッフが」

風由来が手に持っていたのは白い花にリボンのついたミニブーケ。

「どうぞ」

「あ、ありがとう」

互いにものすごく照れてしまって、ぎこちなく花束が移される。

「きみと一緒に芝居ができてうれしかった」

「俺もです」

「また……僕たち共演できたらいいね」

「はい」

それ以上は言葉が出ない。目が潤むのを感じていたら、風由来が胸を大きく上下させてから告げてくる。

「その。このあとの俺の撮りは、生方さんの仕事が押してて明日の早朝になるそうです。だからもしよかったら、松阪さんを家まで送らせてもらえませんか？」

「きみが、僕を？」

「はい。先月車を買ったので」

松阪は思わず畑野を見返った。許可してほしいと思いきり顔に書いてあったのだろう、彼が苦笑して肩をすくめる。

「まあ……ここから先は松阪さんのプライベートですからね」

それから風由来のほうを見て、

「25番です。車はかならずマンション内の駐車場に。外のは絶対やめてください。事務所のほうできみが車を買うと聞いて、契約しておきました」

意外にも、畑野は松阪のマンションにある駐車場を押さえておいたと告げてくる。

「くれぐれも安全運転で頼みます」


「そこに座って待っててください。すぐに飲み物を作りますから」

松阪の部屋に入ると、ずっとそうしていたかのように風由来がキッチンで作業をはじめる。

まもなくソファの松阪にグラスを差し出し、

「あなたの好きなマティーニです」

「ん、ありがとう」

ひと口飲んで微笑みかけると、風由来は松阪の眼前で膝をついた。

「本当は撮影が全部終わってから話そうと思いましたが、さっき楽屋で花束を渡したら我慢ができなくなりました」

巡査の役をしていたときと変わらない、いや、それ以上に真摯なまなざし。

「あなたに触れる資格なんて俺にはない。だけど、せめてときどきはこうした時間を俺にください。駄目なのはわかっていて、それでもあなたと一緒に芝居ができたあとでは、耐えられそうにないんです」

「その……きみの言う資格とは、ようするに『あのこと』なの？」

複雑な気分になってたずねると、風由来はいったんうなずいたあと、否定のかたちに首を振った。

「それだけじゃなく。いろいろです」

「いろいろって？」

「たとえば……そうですね、俺が過去にしてきたことの数々だとか」

「それって、きみが女のヒモをしていたことで？」

風由来はラグに視線を落とした。

「具体的にはどんなこと？」

彼が言いたくないのはわかって、あえて松阪は問いかけた。我儘かもしれないが、今夜はどうしても彼の気持ちが知りたかった。風由来にもその想いが伝わったのか、彼はうつむいたまま抑えた声で話しはじめる。

「……あのころ俺は激しい怒りと、飢えとを腹にかかえていました。その感覚を少しでも紛らわしてくれるのは、女とのセックスでした。だけど、どんなに貪《むさぼ》っても、吐き出しても、ちっとも満たされた気がしない。それどころか、すればするほど自分の気持ちがささくれていく。エサや一瞬の快感と引き換えに、汚れたものをべったりと身体に塗りつけていく作業。それでも、そこから本気で抜け出すつもりでいたらたぶんできたはずなのに、俺はいつまでもそこに居座っていたんです」

松阪はテーブルにグラスを置くと、ソファを下りた。膝立ちになり、風由来と目線がおなじになる姿勢になる。

「だけどきみには事情があって……」

「事情なら誰にだってありますよ。俺は、ほかでもない自分の意思で獣の生活を選んだんです。愛情よりも、快楽を。会話よりも、べたべたしたものをなすりつけ合う行為を。あなたは俺をやさしいと言ってくれましたけど、俺の本性はそんなものです」

浅い笑いを頬に浮かべて風由来は問う。

「これで俺に資格がないことがわかりましたか？」

松阪は「うん」とも「ううん」とも言わなかった。睨むように相手を見つめて口火を切る。

「じゃあきみが僕にしたこともおなじなの？　あのときぎみは僕にキスして、裸にして、達かせたよね。あれも汚い行為なの？」

「それは、違います」

風由来がハッと顔をあげる。その目を捉えて言葉を継いだ。

「あのときみに愛情はなかったの？　べたべたしたもので汚し合って、ますます気持ちがささくれただけだったの？」

「俺は……あなたを、そんなふうには」

「だったらあれはなに？　きみはなにがしたかったから、僕にあんなことをしたの？」

畳みかけると、風由来は奥歯を嚙《か》み締めたあと、ぼそぼそと話しはじめる。

「……あなたが好きだったから。どうしても触れたくて、これが最後なんだからと自分自身に言いわけして、あなたのことを求めたんです」

「それでもう気が済んだ？」

やっとあのときの風由来の気持ちがわかりかけた。でももっと聞かせてほしい。

「いいえ。……あのあとも、何度も何度も思い返して……後ろめたくてたまらないのに、あなたを何度も頭のなかで裸にして……」

風由来は「でも」と気まずい顔で言ってくる。

「それはいけないのはわかってるんです。あなたは特別な存在で、遠くから見あげているしかできないひとで。なのにあなたと共演したら、どんどん欲が膨らんできたんです」

「欲って、どんな？」

ドキドキしながら松阪は問いかけた。もう心臓が壊れそうだ。

「あなたに近いところにいたい。それでその時間がちょっとでも長ければいいなって」

「だったらいればいいじゃないか。僕も、きみと一緒にいたいよ」

胸をはずませながら、松阪もまた本心からの言葉を告げる。

「だって、僕はきみ自身が好きなんだ。きみの過去や身体のことなんて関係ない。僕にとってはこの部屋で暮らしていたときのきみがすべてだ」

松阪は正面から彼を見つめ、はっきりと言いきった。

「僕が役者に戻ったのはそのためだった。おなじ場所、おなじ目線でそれをきみに伝えたかった」

「……あなたが、そのために？」

風由来の眸が揺れている。泣きそうだと見えたのは、自分の勘違いなのだろうか。

「うん」

「だけど、あなたはあんなにも役者に戻るのを怖がってて。なのにあえてその世界に戻ってきた？」

「うん。きみのことが好きだから、おなじ場所に行きたかった」

「嘘みたいだ……」

うれしがるよりむしろ茫然とした顔で風由来はつぶやく。

「松阪さんが、俺のために……」

言う間にその眸から滴がこぼれ、それがあとからあとから次々に湧いてきて、彼の精悍《せいかん》な頬を濡らした。

子供みたいに流される涙が綺麗で、松阪は思わずそれに見惚《みと》れてしまう。いままでに美男美女が芝居で泣くのはたくさん見たが、風由来の涙は宝石みたいに美しかった。

「きみは可愛くて、やさしい……誰よりも大事なひとだよ」

そっと頬に触れ、濡れたそこに口づける。

「好きだよ、風由来くん」

ささやくと、彼の腕が背中に回り痛いくらいに抱き締められる。

「俺も好きです。大好きです」

腕の輪に囚《とら》われて、うなじにかけられる吐息が熱い。この体勢は群がる人々から助けてもらったときに似て、しかしあれよりずっと彼の存在を近くに感じた。

「ねえ、風由来くん。僕はようやくきみの胸におさまったんだね」

「はい、そうですが……なんだか夢を見てるみたいで。ここで目が覚めたらどうしようかと」

「大丈夫だよ。僕はあの『猫』みたいに光になって消えたりしないし」

「っ、冗談でもそんなことは」

風由来が血相を変えた気配を感じたので、松阪はあわてて言った。

「僕にはちゃんと実体があるからね。もっとさわって確かめてくれてもいいよ」

「え……」

すぐにはわからなかったけれど、彼が絶句したことで、そういうふうに取れると気づいた。

「あ、あのっ……えと、うん。ほんとに」

無性に恥ずかしくて頬が火照《ほて》る。けれども、さっきの台詞を取り消そうとは思わなかった。

「本当に？」

「うん」

「あなたにキスして、さわっても？」

こくんとうなずけば、おそるおそるといったふうに風由来が顔を寄せてくる。近づいてきた唇がかすかに触れ合い――その瞬間、バチンと音がしたみたいに抑制の箍《たが》が外れた。

「ん……ふ、ん……っ」

「松阪さん……松阪さん……っ」

何度も名を呼びながら、風由来が唇を貪ってくる。

舌が絡み、吐息が交ざり、溢《あふ》れた唾液が顎から滴る。

必死すぎる口づけだけど、荒い呼吸も気にならないほど夢中になり、深く触れ合えた悦《よろこ》びに胸が痺れた。

「風由来くん……すごくいい……」

「気持ちいい？」

「うん……もっと、して」

「じゃあ服を脱がせてもいいですか？」

承知したら、ジャケットを脱がされて、シャツのボタンを外される。露《あら》わになった胸に直接触れられれば、身体の芯がすみやかに熱を持った。

「あ……んっ、やだ、そこ……っ」

「胸をいじられるのは嫌ですか？」

「そ、じゃ……ない、けど」

「けど？」

「も……出そう」

快感の頂きが驚くほど近かった。こらえきれずに腰を揺らすと、風由来が股間に手を当てる。

「や、だっ……そこ、さわ……っ」

彼の手を感じただけで射精感が強くなる。もじもじと腰を揺すってやめてと言うと、彼は「はい」と応じたのに、スラックスの前立てを開け、下着のなかに手を入れた。

「あんっ、やだっ、出る……っ」

「いいから出して、俺の手に」

自分のほうが切羽詰まっているかのように、耳元で言われたら駄目だった。びく、びくんと背筋が震え、そのあといっきに快感が満ち溢れた。

「あ……、っ」

一瞬の硬直から断続的に身体が跳ねて、えも言えぬ快感に包まれる。

「松阪さん……っ」

感極まったかのように風由来がくったりと弛緩している身体を抱いた。

「俺の手で達ってくれたんですね」

「ん……ものすごく気持ちよかった」

「だったら、もっと気持ちのいいことをされてもいい？」

「うん、いいよ……してほしい」

風由来ともっと触れ合いたい。だからいっぱいキスをしながら全部の服を脱がせてもらい、相手の服も脱がせてやった。そうして彼が脱ぎ散らされた服の真ん中で聞いてくる。

「ベッドに行きます？」

カクテルを飲んだのはひとくちなのに、なんだかひどく酔っ払った気分がしている。だから「それよりも一緒にシャワーを浴びよう」とわれながら大胆な台詞がこぼれた。

「はい、俺が松阪さんを洗ってあげても？」

「うん。僕もきみを洗ってあげるよ」

「それは……うれしいけど、緊張します」

「撮影の本番前でも平然としているきみが？　身体を洗ってもらうだけで？」

「そうです。あれの何倍も」

「きみは度胸があるんだかないんだかわからないね」

「松阪さんのことはまったくべつですから」

そんなことを真顔で言うから、ずいぶんとくすぐったい気分になって、くすくす笑いを洩らしながら浴室に入っていく。そうして、ふたりしてシャワーの湯を浴びながら向かい合った。風由来は最初に会ったときよりかなり筋肉が増していて、その姿を見ているだけで胸が勝手にときめいてくる。

「えと。まずは僕から？」

こちらから洗おうかと、視線を逸らして言ってみる。顔が赤くなっているのは、湯のせいだと思ってほしい。

「俺から先にやらせてください」

「ん、いいよ」

許すと、彼が手のひらにたっぷり取ったボディソープを塗りつけてくる。

「て、手でするの？」

スポンジもあるのにと思ったけれど「嫌ですか？」と聞かれれば「ううん、いいよ」と答えてしまう。大きな手のひらで背中や腕を撫でられるのは気持ちがよく、かつその感触が以前にあった風由来との出来事を思い出せる。

「きみにはよく蒸しタオルで手足を拭いてもら……っ、あ」

途中で声が跳ねたのは、腕から回ってきた指が乳首に触れたからだった。

「や、そこ……っ」

「駄目ですか？」

そうだと言ったら風由来はたぶんやめてしまう。だから松阪は恥じ入りながら「駄目じゃない」とつぶやいた。

「きみがしたいなら……あ、ん……っ」

耳たぶを舐められながら、胸を巧みにいじられる。尖りの部分をくりくりと転がされ、乳首周りのうっすらとした肉づきを指で集めて揉まれたら、女じゃないのにおかしな気分になってきた。

「あ……んんっ……なんだか、変……っ」

「どんなふうに？」

「わ、わからなっ……」

胸だけではなく、またも角度を変えてきた性器を握られ、声も身体も震えてしまう。

「あ、あっあっ……ん、ああっ」

喉からはひっきりなしに快感の喘ぎがこぼれ、湯を浴びている最中でも、そこがぬるついているのがわかる。さわってほしいと思ったとたん、風由来が軸を握ってきて、願ったとおりのいじりかたをしてくるから、もういい加減高まっていた快楽が堰を切る。

「う、ふあ……っ」

強い感覚にのけぞって、はずみで足をすべらせた。温かい水飛沫《みずしぶき》を浴びながら松阪は濡れた床にへたりこむ。

「大丈夫です⁉」

「ん、平気……」

あわてて屈《かが》みこむ風由来の股間が期せずして目に入る。快感でぼうっとなった松阪は、おのれの気持ちのおもむくままに彼のほうへと指を伸ばした。

「ま、松阪さん⁉」

「ここ、僕もさわっていい？」

「あ、いや。無駄ですから……っ、……⁉」

松阪が指で触れると、そこの先端がひくっと動く。お互い「え……？」と同時に顔を見合わせた。

「あの。風由来くん？」

彼はひどく面食らった顔をしていた。そのあと「っ、う」と眉を寄せる。

松阪の目の前でそれはどんどん勃ちあがり、大きくなり、風由来のつらそうな面持ちもはっきりしてくる。

「もしかして、そこが痛い？」

「は、はい……ちょっと」

それはそうかもしれないと松阪は腑に落ちる。

「どのくらい溜まってたっけ？」

「そ……その。四年か、そのくらいです」

「うわ、どうしよう」

「大丈夫です。ずいぶんとひさしぶりで……っ、そのうちに、っ、おさまりますから」

そうは言っても、ものすごく大変そうだ。

「えと……て、手でするから、そっとやるから、一回出して」

風由来のそこが回復したのはいいことだろうが、いまはなにより痛そうで、自分にできることならばなんでもしてやりたかった。

「ゆ、ゆっくりするね」

そうっと触れると、彼は「う」と息を詰める。

風由来のそれはもうがちがちになっていて、腹につくほど屹立《きつりつ》している。

「えっと、あの、このくらいの強さでいい？」

他人のものをさわるのは初めてだが、ためらってはいられない。あまりきつくしないほうがいいかと思い、先のところをゆるめに擦る。風由来のものはずいぶんと大きいし、どくどくと脈打っていて、普通だったら結構引いたかもしれないが、とにかくいまは夢中だった。

「ど、どう？　痛くない？」

「平気です……っ……」

風由来はそう言うけれど、なかなかにきつそうだ。

先走りはだらだら出ているけれど、いったいいつ達くのだろう。

気になった松阪がさらに顔を近づけたとき、ふいに風由来が上擦った声音を発する。

「ま、松阪さんっ、顔っ、離して……っ」

「え？」

その直後、風由来のそれが大きく震えた。と、刹那に顔面でビシャッとなにかが弾《はじ》けて広がる。

「うぷっ」

飛んできた礫《つぶて》はつまり風由来の体液にほかならず、松阪はしばし茫然としてしまう。

「すっ、すみません」

「……んあ……」

どろりとした感触が頬や顎を伝い落ちる。風由来はあせって身を屈め、湯で流したあと手のひらで顔を何度も拭ってくれた。

「こらえたんですが、すみません。俺はほんとに、こんな綺麗な顔になにを」

「いいよ、平気」

松阪は上気しきった頬を彼に向けて言う。

「それより風由来くん。さっきのあれ、気持ちよかった？」

「…………」

なにかを強く嚙むように、彼は顎を引き締めた。

「風由来くん？」

どうしたの、と訝しく彼を見あげる。そのとたん。

「わっ」

腕を摑まれ立たされて、深く唇が重ねられる。情熱的なのと、乱暴なのの境目くらいの仕草なのに、なぜかものすごく感じてしまった。

「あ……風由来くん……まだ、熱い……」

触れ合う身体の感触から、彼のそこがなおも衰えていないのを知る。さっきみたいにさわってみればいいのかと考えて、そろそろと指を伸ばすと、上から手首を握られた。

「してくれるなら、ここを……そうです」

触れさせられたのは、軸のなかほど。しかも、風由来は自分の手も添え、松阪のそれと併せて握らせてくる。

「こうして、擦って」

「あっんっ」

風由来のそれは火傷《やけど》するかと思うほどに熱く張り、そこと併せて擦られると、松阪の体熱もどんどんあがる。息が苦しくて、口をひらいて喘いだら、風由来に舌を舐められた。

「ふあ……あ……う、っふぁっ」

脚がかくがくしてきたのに、風由来《みなぎ》が空いたほうの手で胸の突起をいじるから、腰が抜けそうになってしまう。

「ま、またっ」

「達きそうですか？」

「うっ、うん」

内股に力を入れてこらえるけれど、もうあまり持ちそうもない。

「い、達っていい？」

「いいですよ。俺も出します」

そう言う風由来の声音は淡々としているようで、けれども握り合う彼自身は欲望の先走りを出し続けている。

「あっ、も、もう……っ」

快感の速度がぐんと増してきて、そのあといっきに頂上を越えていく。ぶるっと震え、極まる愉悦に瞬時硬直したあとで、気持ちよさに包まれながら吐息をついて——そのときに気がついた。

「ふ、風由来くん……ま、まだっ？」

ほぼ同時に放ったのに、彼の精液はいまだ熱い滴を迸《ほとばし》らせる。

どくどくと溢れるそれが松阪の臍《へそ》の上あたりにかかり、やがて淡い茂みに垂れてゆく感触が、ものすごくいやらしかった。

「すみません……ちょっと……自分でも、どうかなと、思うんですが」

風由来は松阪の肩をぎゅっと抱きこんでいる。

快感もあるだろうが、それ以上に彼は苦しいのじゃないだろうか。

松阪は腕を回して彼の背中をそっと撫でた。

「うん、いいよ。いっぱい出して」

「松阪さんっ……夢みたいだ、あなたとこんな……」

「僕もだよ。こうしてきみと抱き合う日が来るなんて、うれしくて本当に夢みたいだ」

だからキスと、松阪から彼にねだる。

そうして風由来の放埒が終わるまでたくさんのキスをして、そのあと浴室からベッドに向かった。

明度を落とした寝室のベッドの上に横たわり、松阪は自分に覆いかぶさった男を見つめる。

眸を潤ませた風由来はすごく色っぽくて、ドキドキしながら待ったけれど、しかし彼はなにもせずに見てくるばかりだ。

「えと……あの……？」

戸惑ってつぶやけば、彼は熱っぽいまなざしを注ぎながらささやいてくる。

「どこもかも、すごく綺麗だ。あなたをずっとこうして見ててもいいですか？」

「それは……でも、風由来くんは大丈夫？」

ちらっと見やると、彼のものはいまだに硬度を保ったままだ。さっき出していたときも結構つらそうだったけれど、このままなのも相当きついと思うのだが。

「大丈夫です」

「でも、そこ……治まっていないよね？」

心配半分で思いきってたずねてみたら、彼が苦笑とも自嘲ともつかないような笑みを見せた。

「俺はいま、頭がおかしくなってるんです。だからこれ以上の刺激があると、なにをするかわからなくなる」

「なにをって……なにするの？」

少しばかりの期待をこめてぞくぞくしている松阪もきっと頭がおかしくなっているのだろう。風由来が腕を松阪の腰の後ろに回してきて、尻のあわいに触れたとき、驚きよりも背筋が痺れる感覚が勝ったから。

「ここに俺のを入れたい、とか」

「い、入れたいの？」

「入れません」

「どうして？」

あえて踏みこんで聞いたのは、そういうことをされてもいいと感じたためだ。しかし、風由来はゆっくりと首を振る。

「あなたは初めてで、俺のはちょっと……まずいから、怪我《けが》をさせたくないんです」

彼が言うのはサイズ的な問題だろうか？　確かにさっきちら見したとき、がちがちに大きかった。

「じゃあ……えと、もう一回出してみる？　手でもいいし、なんだったら口でもするよ？」

それで少しでも楽になればと、深く考えず言葉にした。風由来は「う」と息を詰まらせ、それからじわっと頬に朱を滲ませる。

「そういうのは心臓が止まりますから、やめてください」

もういい加減やばくなっているんですと、困った顔で告げてくる。

「でも」

なおも言ったら、彼がつかの間視線を宙に浮かせてからちいさく洩らす。

「じゃあ……手伝ってくれますか？」

「ん、いいよ。なにするの？」

「うつ伏せになって……そうです、もう少し腰をあげて」

四つん這《ば》いで腰を突き出す格好は恥ずかしいが、言われるままの姿勢を取った。風由来は背後で膝をつき、シーツの上に這う松阪の腰を摑む。

「入れませんからリラックスして。あなたの太腿《ふともも》を貸してください」

そう言って、身体の中心を松阪の内腿に当ててくる。

「そう……そのままです。じっとしてて」

「あ……っ」

風由来の剛直が合わせた両腿の内側で扱《しご》くように出し入れされる。

肌に感じる男のそれは、熱く、硬く、濡れていて、幾度となく抜き挿しされているうちに、松阪の頭に霞みがかかってくる。そのうえ風由来が上体を傾けて、乳首をいやらしくいじってくるから、自分でもあせるほどの淫らな声がこぼれ落ちた。

「あん……あ、あ……っ……熱《あ》っつう……い」

はっはっとひっきりなしに押し出されてくる呼気と、背後にいる男の動きが合っている。もしもこれを本当に入れられたらどうなってしまうのだろう。そう思ったら、怖いよりも疼くような感覚が湧いてきて、松阪の中心がまた勃ちあがる気配を見せた。

「ふっ、風由来くんっ……き、気持ち、いい……っ？」

返事はさらに激しくなった動きだった。

いまはピンクに染まっている太腿の合わせ目からにゅくにゅくと出入りしている男のそれ

が、つけ根にある双果と擦れて、さらにぼうっとなってくる。

すごく、いやらしい。なのに感じてたまらない。

こんなにも淫らなことをされてしまって、いままで自分が知っていたセックスなどはままごと同然なのだと知った。

「風由来くん……っ、僕、もう駄目……っ」

また達きそうになっていた。訴えると、彼の手が股間のほうに回ってくるから、扱いて出させてもらえるかと期待する。それなのに、彼は先端をきゅっと握って、達かせないようにしてしまった。

「や、やだ……っ」

「まだ達かないで。いまこれで出してしまうと疲れ果ててしまいますから」

「でっ、でもっ」

達きたいよと、腰を振っても許してくれない。

出せないのに、感じるばかりで、腿に挟んだ男のそれが股間の膨らみを押しあげながら何度目かの迸りを噴きあげたとき、もう死んじゃうと目がくらんだ。

「あ……あ……っ」

風由来の精液は松阪の軸と、その下の膨らみをしたたかに濡らしていく。まるで自分が達ったみたいに震えながら、男のそれがいくらかはおとなしくなったのを肌で感じた。

「少しは……ましになった？」

これでもう大丈夫かと落としかけた尻を摑まれ、ふたたびぐっと持ちあげられる。あれっと思っているうちにまたも恥ずかしい姿勢にされた。

「も、もう一回？」

また太腿で擦るのかと思ったが、彼は仰天するような行為に出た。

「ふ、風由来くん……っ、ひゃ、あ……っ」

彼は松阪の左右の尻たぶをぐっとひらかせ、その真ん中に唇をつけてきたのだ。

とんでもない箇所を舐められ、パニックを起こして逃げようとしたけれど、あわてるあまりかえって力が入らない。

「あ、あん……っ、や……っ」

信じられない。どうしてそんなところを舐められて感じるのか。

そこを執拗にねぶられたり、つつかれたりしたあげく、舌先がその箇所に入りこんできたときは、あられもない声までも洩らしてしまった。

「ああっ……ん、あっ……そこ、あうぅっ……」

さんざん舌の愛撫をうけて、そのあとに硬い感触が入ってきても舐めほぐされたそこは少しも痛くなく、むしろ男の指を悦んでいるかのようにきゅっと締まった。

「ああ……ふあ……っ、ん、ん……っ」

「気持ち悪くないですか？」

「ん……大丈夫……」

「じゃあ、ここは？」

「あ、ひあっ」

風由来の指が自分のなかのどこかを押して、とたん声が跳ねあがる。

体内から湧きあがるビリビリするほどの快感は松阪には未知のものだ。シーツを握ってこらえようとしたけれど、そこを立て続けに攻められれば、激しい愉悦に呑みこまれ、あっけなく堕ちてしまう。

「ふあ……っ、あ……っ、ふゆ、ふゆき、くん……っ」

「なんですか？」

「も、入れて……っ」

そう願ったのは、風由来の指が三本入ってきたときで、もうとろとろのぐちゃぐちゃで、自分が溶けてしまいそうだ。

だからもっと強いなにかで自分を繋いでいてほしい。彼を直接自分の身体で感じてみたい。

「俺のを入れてもいいんですか？」

「入れてくれなきゃ、僕が、困るよ……っ」

まだためらうふうなのを、強引にねだって押しきる。たぶん松阪がわずかでも躊躇《ちゅうちょ》すれば、きっと風由来は引いてしまう。

「わかりました。じゃあ、もうちょっと腰をあげて」

後ろにいる風由来からうながされ、松阪はそっちじゃないと文句を言った。

「顔見て、したい……っ」

「バックのほうが楽ですよ」

「でも、いい」

苦しくても、風由来と正面から抱き合いたい。そう願ったら、風由来が体勢を変えてくれる。ころんと仰向けになってから視線をあげると、汗ばんで少しだけ眉間《みけん》を狭めた、とてもセクシーな男が見えた。

「ああ松阪さん、すごく綺麗で色っぽいです」

大好きな男からうっとりとつぶやかれ、照れくさいが純粋にうれしかった。

「風由来くん」

「はい？」

「キス」

だから甘えてねだったのに、彼は困った顔をする。

「……したくないの？」

「いえ。だけど、舐めましたよ」

ああそうかとわかったけれど、それでキスをあきらめる気にならなかった。自分から腕を伸ばして、彼の唇にチュッとキスする。

「ね、平気」

すると彼は目を細め、松阪の頬と額に口づけを落としてきた。

「痛くないようにしましたけど、つらかったら言ってください」

両脚をひらかされ、彼がそのあいだに割り入ってくる。どきどきしながら「風由来くん」と洩らしたら、彼がそこで動きを止めた。

「やっぱりやめますか?」

「大好き」

言ったら、彼が目を見ひらいた。それからゆっくり顔を下げ、唇に触れるだけのキスをする。

「俺も好きです。大好きです」

近いところから視線を合わせて微笑み合う。そうして彼はゆっくりと入ってきた。

「あ……」

「痛いですか?」

「……だ、大丈夫……だけど……」

たくさん出しても風由来のものはなお大きくて、圧迫感はすごかった。けれどもようやく彼と身体を繋ぎ合わせた満足感は、それよりはるかに勝っている。

「風由来くん……僕たち、ひとつになってるね……」

「はい」

「どうしよう……僕、泣きそうだ」

「俺もです。ほんとにまだ夢みたいだ」

自分が相手のものになり、相手もまた自分のものになっている。そのことがうれしくてたまらない、こんなセックスはいままでにおぼえがなかった。

風由来だから、彼とだからこんなにも感激している。どんなひとよりも大切な、自分の大好きな男だから。

「……っ、ね……風由来くん……」

動いて、とかすれる声でささやいた。

「たくさんして。僕のなかにいっぱい出して」

四年分してもいいよと誘ったら、彼は一瞬硬直したあと、ハアッとため息を吐き出した。

「俺にあなたを殺させるつもりですか」

それより前に俺があなたに悩殺されて死にそうですが、と彼は苦笑いでつけくわえる。そのあと風由来は松阪の腕を取り、

「動きますから、この手をこっちに」

自分の背中に手を回させて、彼は松阪の腿を軽く持ちあげた。

「俺にしがみついててください。きつかったら、爪を立ててもいいですよ」

言って、ゆるやかに動きはじめる。

「あ……ん……っ」

軽く揺らされ、ぎゅっと彼にしがみつく。

時間をかけてほぐされていたそこは、思ったよりもスムーズに男の行為を受け容《い》れる。最初はゆっくりしていた動きが、次第に速くなっていき、濡れた粘膜が淫らな音を響かせはじめるころには、最初にかまえていた気持ちなど完全に飛んでいた。

「ふあ、あ、あ、うぁ……っ」

男とするのは風由来も初めてだと思うのに、彼は完璧に松阪の快感を心得ていた。湿った肉襞《にくひだ》が男のもので擦られるたび、ピンポイントで感じる箇所を刺激されて、ただ喘ぐしかできなくなる。

どうしてこんなに……と感じるたびに風由来との経験の違いを思い知らされるが、自分だけを熱く見つめる彼の顔を見ていたら、そんな気がかりはどうでもいいことになってしまった。

「ふゆっ……風由来く……っ、あ、ああっ」

「松阪さん……松阪さんっ」

気持ちいいと洩らしたら、もっと深い悦楽を送りこまれる。前もあそこもべたべたのどろどろで、どくどくとこめかみが脈打つたびに痺れるような愉悦が全身をめぐっていく。

自分も風由来も汗だくになっていて、広い背中に回した腕が激しい突きですべるから、知らずそこに爪を立て必死になってしがみつく。

いつの間にか男の動作に合わせて腰を振っていて、恥ずかしいが自分では止められなかった。

「風由来く、んっ、あ……達く、達っちゃ……うっ」

無意識にきゅうっとそこを絞ったら、彼が奥歯を噛み締める。

「い、達くよ……っ、いい……っ？」

彼がうなずき、直後に性器から体液が溢れ出す。そのあとすぐに彼もなかに出したのか、熱いものが広がって……なのに動きを止めないで奥の奥まで突いてくるから、気がおかしくなりそうな悦楽に襲われた。

「あ……や、や……っ」

ぐしょぐしょになった内部は、男の行為をさらになめらかに激しくさせる。

続けざまに弱いところを抉られて、もう放出は済んだと思った軸の先から少しずつ滴がこぼれた。

長引く射精が、終わらない快感が、松阪の意識を飛ばし、ただもう必死に爪を立て、自分を風由来に繋ぎとめておくことしかできなくなる。

「あっ、あっ、や、も……ふゆっ」

――あなたを俺に殺させるつもりですか。

彼がそう言ったのは、比喩でも冗談でもなかったのだ。

風由来は本当に快楽で自分を殺すことができる。そう思えば少し怖くて……。

「松阪さん……」

けれども、自分を見つめてくる彼の目は慈《いつく》しみに満ちているから、結局松阪は安心しておのれを手放せる気持ちになった。

「い、いいっ、ふゆっ、好……き……」

俺も好きですと返してもらった気もするが、その声はいつしか遠くなっていき、やがて松阪の目の前は真っ白に塗り潰《つぶ》された。

エクストラステージ

半分意識を失って眠った彼を、風由来《ふゆき》は丁寧に清めたあと、白いパジャマを着せてやった。

これとおなじことをしたのはいちばん初めに出会った晩。あのときは酔って吐いたこのひとの介抱をしたのだった。酔っ払いの世話をするのは慣れていて、けれどもあの晩風由来の胸にあったのはなんだかひどく落ち着かない情動だった。

――だけど……そう、きみの声はすごくいいよね。張りがあって、奥行きもある。演技するのに向いてるよ。

これまでに見たこともない綺麗《きれい》なひとが、無心に風由来を褒めてくる。さらに彼は素敵な声とも言ってきた。

こんなことは初めてで、だからこそすぐに終わりになると思った。

社会の底辺にうずくまる自分にとって綺麗なものなど縁がない。悪意と、ごまかしと、侮《ぶ》蔑《べつ》に満ちた泥の中。これが自分のいまいる世界で、彼のような存在は汚れた壁の隙間から遠く見あげる月とおなじだ。

なのに彼は風由来を部屋につれて帰り、自分の面倒を見るように頼んできた。かつて風由来を囲っていた女たちとはまったく違う、邪気のない眸《ひとみ》を向けて。

――じゃあ、これからも僕の世話を頼んでいい？　できれば今度は仕事として。

このひとは一緒に暮らして自分の面倒を見させることを仕事と考えていたようだったが、風由来にとってあれはそういうものではなかった。

クリスマスも、誕生日も祝ったことのない人生で、生まれて初めてさずけられた贈りもの。ジイちゃんが死んでから、背を向け、苛立《いらだ》ち、憎むしか知らなかった世界からあたえられたギフトだった。

大切などという言葉では言い表わせない貴重なもの。それがいま自分と身体《からだ》を繋《つな》げたあと、安心しきって眠っている。

目の前にある光景はまるで奇跡で、ヒリヒリする背中の痛みがしあわせ過ぎて、かえって風由来を不安にさせた。

こんなことが本当にあるのかという落ち着かなさと、もしもこれをなくしてしまったらどうしようという絶望にも似た胸苦しさ。

「う……ん」

布団のなかで彼が寝返りを打ち、むにゃむにゃと口のなかでなにやらつぶやく。それがなにか聞き取ろうとベッドの脇で身を屈《かが》めたら、ふいに白い手が伸びてきた。

目覚めたのかと思ったが、目を閉じたまま風由来の腕に軽く触れ、それからぱたんとシーツの上に手が落ちる。

「松阪《まつさか》さん……」

彼の眠りを邪魔しないようそっとささやく。こんな状態に似たことも以前にあって、あのときこのひとは風邪《かぜ》をひいて熱があった。

――じゃあきみは僕のことを見捨てるの？

ベッドから手を伸ばし、風由来の指を握ってきた頼りない顔。

あの折、風由来はこのひとが自分を求めてくれるのはなにかの間違いじゃないかと思った。自分の作ったものを食べ、無心な様子で身をゆだね、うながすままに薬も飲む。こんなことが本当に起こるはずない。

じつのところは悪意に満ちた世界が仕かけた罠《わな》ではないか？　美しく貴重なものをあたえておいて、それを無慈悲に取りあげる、これはその仕込みなのではないだろうか？

ぐらぐらに揺れる心は、あのとき自分を抑えきれずに弱音を吐かせた。

そうしたら、このひとは戸惑って心を乱し――きみと芝居をしたいと思って……――と洩《も》らしたのだ。

それからさらに――きみは役者じゃないし、僕も……すでに俳優とは言えないだろ？　なのにどうしてそんなふうに思ったのかな――とも。

あの言葉をつぶやいたとき、彼はせつなげな顔をしていた。自分がよけいなことを言って、彼を哀《かな》しませ、傷つけたのだ。

それに気づいて、風由来はひどく後悔し、罪悪感に打ちのめされはしたけれど――どこか仄暗《ほのぐら》い悦《よろこ》びに似たものも確かにあった。自分が彼にあたえられる影響も少しばかりはあるのじゃないかと。

もちろんそれはほんのつかの間のことでしかなかったけれど。

「……松阪さん、いってきます」

いつまでもここに立っていたいけれど、時間がそれを許さない。起こさないようちいさくささやき、風由来は寝室をあとにする。

キッチンに置いていたスマートフォンにはメールの着信記録が三件。全部が自分のマネジャーからのものであり、すべてが撮影に遅れないよううながすものだ。

車で行くにはもう出なければならない時刻で、冷蔵庫にあったもので手早くはちみつレモンを作る。それからそのドアに『今晩は遅くなってもここに帰るつもりでいます』とメモを貼って、車のキーを手に取った。

「いやあ、風由来くん。ドラマを観たよ、絶好調だね」

「はい。ありがとうございます」

セットのデスクに座り、カメラを前に風由来は言った。

早朝撮影は終了し、いまは昼のバラエティ番組のゲストに出ている。

「なんか映画もあるんじゃないかって噂だけど？」

司会の男からそう振られ、風由来はカメラをまっすぐ見ながら問いに応じる。

「それはどうでしょう。だけど、もしそういう話をいただけるなら、とてもうれしいことですし、もちろん全力で頑張ります」

生番組のフリートークにも台本はある。番組の宣伝も兼ねた『アヴァロン』の話題に模範的な回答をしたけれど、次の台詞《せりふ》には少しばかり心が揺れた。

「風由来くんの巡査役もすごいけど、松阪絢希《あやき》くんの『猫』もまた素晴らしいよね。ＶＦＸのお陰もあるんだろうけれど、ちょっと人間離れしてて」

「そうですね。だけど特殊効果がなくても、松阪さんの『猫』は見惚《みと》れる出来ですよ」

「そうなんだ。実物もあれくらい綺麗なの？」

「はい、綺麗です」

「そう言えば、あれ。『巡査の胸におさまった猫』ってのが話題になっていたけれど、あれってどういうことだったの？」

「それはですね」

風由来は意識して苦笑いの表情になる。

「たまたまのハプニングで。お騒がせして申しわけなかったですけど、スタジオ職員の方々やスタッフの皆さんの助けのお陰で、無事にことが収まりました」

彼を駐車場に引っぱり出したあの男を引き裂いてやりたかったと風由来は言わない。

あのころはようやく接触禁止命令が解けたばかりで、事務所もマネジャーも緊張していた。ファン対策にも力を入れていたようだったが、結局思わぬ方向からやられたのだ。

SNSの位置情報と書きこみの拡散。畑野が二時間ほど留守にした隙をついてあのひとはおびき出され、しかしあのマネジャーは自分がいないあいだはスタッフが気を配ってくれるように言い置いていた。それゆえ異変にすぐ気づき、スタッフの動きに合わせて自分があのひとを助けに行けたのは幸運だった。

もしも彼になにかあったら、風由来はあの元凶を殺してしまっていただろう。

「へえそうなんだ、よかったねえ。巡査役のきみにとって『猫』は大事な存在だものね」

「はい。ですがそれだけじゃなく、松阪さんは演技の心得を教えてくれたいい先輩でもありますし、俺はほんとに尊敬してます」

「はあなるほどねえ。じゃあきみと松阪絢希くんとは普段からも仲良しなんだ？」

「はい、もちろん」

このあたりは事務所の仕込みで、不仲説を打ち消す流れを司会者が作ることになっている。なごやかな交流があることを視聴者にアピールしなければならない場面。しかし風由来は演技ではない本心からの気持ちで言った。

「松阪さんは素晴らしい役者ですから、あのかたから教わることも多いんです。今後とも交流を深められたらと願っています」

「またふたりで共演して？」

「そうできれば最高ですね」

そこまで言うと、現場のスタッフがセットの横手に合図する。

「ありがとうございます。今日は『アヴァロン』でノリにノッてる風由来くん、でしたー」

女性アシスタントがこのコーナーを締め括《くく》り、風由来はセットの椅子《いす》から離れる。

「早く早く」

そうして近くで待機していたマネジャーにうながされて次の仕事場に向かいながら、あのひとはいまなにをしているだろうと考えた。

いまだに疲れて眠っているか。それとももそもそと起きてきて、自分の姿を探してくれたか。

そう思えば、作りものではない笑顔が湧いた。

ゆうべあのひとには無理をさせた。身体《からだ》のほうは大丈夫なのだろうか。怪我《けが》などはさせなかったが、初めて男に抱かれたのだ。大変ではあったろう。今日が一日オフなのは畑野さんから前もって聞いてはいたが……。

「風由来くん、どうしたの？」

自分のマネジャーに訝《いぶか》しく問いかけられて、風由来は「いいえ。なんでも」と返事した。

「そう？　撮影も追いこみだし、体調が悪いようなら早めに言ってね」

「はい」

神妙に応じたが、身体の調子は実際まったく悪くない。唯一不調だった男の機能もゆうべ治った。

お陰であのひとと身体を繋《つな》げることができ、そのこと自体はものすごくうれしかったが、それよりも風由来を感激させたのは彼がくれた言葉だった。

――だって、僕はきみ自身が好きなんだ。きみの過去や身体のことなんて関係ない。僕にとってはこの部屋で暮らしていたときのきみがすべてだ。

彼のあの言葉があれば、自分の身体など一生そのままでもかまわなかった。

どんな宝物よりも貴重な彼と、彼の言葉。

「そうだ、風由来くん。先週の視聴率、30パーセントを楽々超えたよ。このぶんだと最終回は40パーセントに届くかもね。これってドラマとしては十年ぶりくらいの大ヒットだよ。社長もすごくよろこんでてね、特別ボーナスを出さなきゃって言ってたよ」

「はい」

淡々とマネジャーに風由来は返した。それが不服だったのか、彼は口を尖《とが》らせる。

「はいって、もっと感激してよ。あの宮森《みやもり》さんも驚いていたんだからね。思ったよりもずっと早く伸びたって」

風由来は軽くうなずいた。

「そうですか。宮森さんにはいろいろ世話になったから、いい結果が出せたのはよかったです」

風由来があのひとの出演ビデオの数々を観て、絶望的な思いに駆られていたときに、彼女の申し出があったのは助かった。

少しは近いと感じていた存在がはるか高みにあるのだとしたたかに思い知らされ、あのとき風由来はそそり立つ岩壁を目の前に立ち尽くす気持ちになった。

この部屋でくつろぐ彼と、画面の向こうでキラキラ輝く松阪絢希はおなじで、違う。

しかし、おそらくはことさらに演じわけているのではなく、そのどちらもが彼の本質なのだろう。

少し浮世離れした育ちのよさと、天性の演技者。そのふたつともが彼のなかに共存している。

それと同時に風由来はわかった。

彼が無心に自分を頼る人間であれ、万人を魅了するオーラを放つ俳優であれ、このままの自分では決して手が届かない。

チャンスがあるのに、社会の底辺と自分を位置づけ、ある意味安楽に過ごしていては駄目なのだ。せめて彼に少しでもふさわしい男になりたい。

その一念で宮森に連絡を取り、あのとき風由来はこう言った。

——芸能界デビューするなら、松阪さんにつり合う役者になりたいと思います。

——その意気は買うけどね、ちょっとやそこらの努力じゃ無理よ。

——わかっています。そのためだったらなんでもします。

宮森は松阪との格の違いをにおわせたあと、他人の十倍働きなさいと言ったのだ。一分一秒も無駄にせず、寝ているあいだも自分を高める努力をしろと。

——それができたら、どしどし成りあがるための話を持ってきてあげるわよ。

宮森は確かにあのときの約束を守ってくれた。

結果を出せば、かならずそれに応じてくれる強力な業界の仕掛人。本当は、彼女はいまでもあのひとを好きではないかと気になるが、力を惜しまず助けになってくれたことには心から感謝している。

「急いで、風由来くん。ファンにつかまらないように駆け足で車に乗ってね」

「はい」

風由来は急ぎ足でスタジオの出口をくぐり、出待ちのファンの悲鳴や歓声を聞きながらマネジャーの車に乗った。

「次はどこでした？」

「赤坂だよ」

「確か今晩は十時から三時間ほど空き時間がありますよね？　そのあいだ、車で外出しますから」

朝見たスケジュールを思い浮かべてそう言うと、彼は渋い顔をした。

「ほんとはきみに運転してほしくはないんだ。ほら、絶対に事故を起こさない保証はないし。ただでさえきみは睡眠不足だからね」

「………」

そのことを譲るつもりはいっさいないので、沈黙で相手に応じる。すると、彼はしかたがないとため息を吐き出した。

「まあきみの運動神経は抜群だってわかっているけど。免許もスピード講習であっさり取ったし。でも、無理はしないでね。少しでも調子が悪いと思ったら、運転は控えてほしい」

「はい、そうします」

「あ、それとこのドラマが終わったら、ちょっとは楽になるからね。半日くらいなら休みを取れる予定があるかも」

それはありがたいと風由来は思った。半日あったら、彼のために少し凝った料理が作れる。

あのひとによろこんでもらうためにはどんな献立がいいだろうか。

そんなことを折々に考えながら午後十時まで仕事をこなし、風由来は彼のマンションに車で向かう。

やがて目的の建物が見えたとき、風由来はふとかつての自分をよみがえらせた。

ファンの対立で、ふたりが社長命令で会えなくなり、風由来はあのひと恋しさに自分の部屋を抜け出しては、しばしばここに来たものだった。たいていはすぐに見つかり、連れ戻されたが、それからも隙さえあればこの場所に向かわずにはいられなかった。

あのひとがいるかいないかもわからない部屋。けれどもふたりで暮らせた場所を近くで見あげていたかったのだ。そしてそののちに風由来がここに来ることをあきらめたのは、社長やマネジャーの叱責でも、会えない虚《むな》しさからでもない。あのひとが荻田《おぎた》といるところを見たからだ。

あのとき彼はスタジオの通路に立って、うれしそうに荻田の顔を見あげていた。荻田もまたやさしい顔で彼に応じ、照れくささそうな笑みを浮かべた。

誰がどう見ても似合いのふたり。

風由来はそのときわかったのだ。あのひとにいちばんくやしい思いをさせた先輩が誰なのか。

彼のいちばんをさらっていった荻田に風由来は嫉妬した。つきあっているというのが誤解だとわかったいまも、荻田の立ち位置を思うだけで胸の奥が焦げる気がする。

自分はこの先どれほど努力してみても、いつまでもあのひとの後輩で、年下のままなのだ。荻田のようには一生なれないと考えて、風由来は自分の欲深さに呆《あき》れてしまう。

ヘルパーとして彼の傍《そば》にいられればそれだけでと最初は思っていたはずなのに。いつの間にかそれだけでは足りなくなった。

あのひとと芝居をしたい。あのひとにふさわしい男になりたい。もっともっとあのひとの近くにいたい。

髪に触れたい、口づけたい、裸を見たい、全身をさわりたい。愛したい、認められたい、欲しがられたい、愛されたい。

どこまでも際限なく膨れあがるおのれの欲望。このまま行けば、果てはどうなってしまうのだろう。

車を降りて、エレベーターに向かいながら風由来は思う。

かつてあのひとを哀《かな》しい気持ちにさせた親友。中学校の卒業の日に、ひどい言葉を投げつけたあのことを、彼は互いに子供だったと言っていた。

しかし、風由来にはまたべつの感慨がある。

もしかすると、あの少年は自分の友達に想い焦がれ、しかし学校が変わってしまえば、それきりになるだろうと思っていたのかもしれない。

彼は自分と違って人気者だから、すぐに手が届かなくなるだろうと。

それであえてひどい言葉を投げつけて、自分を相手の記憶に刻んだ。

そんなふうに推測するのはうがち過ぎなのだろうか?

だが、もしも自分が少年の立場なら、あるいはそのようにしたかもしれない。

どんなに悪い記憶でもせめて相手の片隅にでも残ればいいと。

エレベーターの箱から降りて、フロアの廊下を歩きつつ、風由来は自嘲《じちょう》の笑みを浮かべた。

あのひとを愛し守りたい気持ちの底に、本当はそんな想いも沈んでいる。

強く激しくおのれを彼に刻みつけてやりたいと。

自分でも度し難い醜い感情。だが……やっぱりあのひとを傷つけるのは嫌なのだ。それくらいなら、この感情ごと自分が消えうせてしまったほうがましだった。

「松阪さん、帰りました」

ドアを開けて部屋に入ると、彼は自分の定位置であるソファの上に丸まっていた。風由来が着せていた白いパジャマのままなのは、外出しなかったからだろう。

「遅くなってすみません」

風由来は彼の前に行き、膝をついてそう言った。

「あと二時間くらいならここにいられるんですが、まずはなにか飲み物でも作りましょうか？」

「…………」

「それとも腹が空きました？」

聞いても彼は返事をしない。むすっとした顔つきで膝をかかえて丸まっている。

わかりやすい拗《す》ねかたが可愛くてつい微笑しそうになるが、そうすればこのひとはさらに拗ねてしまうだろう。

「身体の具合はどうですか？」

「……平気、じゃない」

「どうかしましたか？」

あせって尻《しり》を浮かせると、そっぽを向いてぼそりと言った。

「腰が抜けた」

「あ。ああ、そういう」

ほっとしたが、これが気に入らなかったのか、彼は横目で睨《にら》んでくる。

「ベッドから出ようとして、尻餅《しりもち》をついたんだ。なのにきみはどこにもいないし」

「すみません」

「あったのは、冷蔵庫のはちみつレモンと、ドアのメモだけ」

「すみません」

すると、彼は頼りなく首を振る。

「違うんだ。あやまらせたかったわけじゃない。僕は、ただ……」

「起きたらひとりで寂しかった？」

先読みして風由来が言うと、彼はこくんとうなずいた。

「きみが僕を甘やかすから、僕はどんどん我儘《わがまま》になる。でも……ごめん」

彼はソファからすべり下り、しょんぼりとうなだれた。

「きみはすごく忙しくて、なのに無理して帰ってきてくれたのに」

「無理なんかじゃないですよ」

愛《いと》しさで胸をいっぱいにしながら風由来は彼にそう告げる。

「俺がそうしたくてそうしてるんです」

「本当？」

「はい」

「じゃあ……キス」

返事の代わりに風由来は彼の額《ひたい》にキスする。しかしこれは子供騙《だま》しと思われたようだった。

「丸一日待ってこれだけ？」

額に手を当てながら恨みがましく上目遣いで睨むから、風由来の自制は簡単に切れてしまう。抱き締めて唇に口づけると、彼は可愛い鼻声を洩《も》らしつつ風由来にしがみついてきた。

「松阪さん……」

可愛い。好きです。大好きです。

想いをこめてしつこくキスを続けたら、彼が真っ赤な顔をしてこちらを押しのけようとする。それが結構本気の力だったので、風由来は訝《いぶか》しく眉をひそめた。

「どうしたんです？」

「だって……っ」

言いながら泣きそうな顔をするから、風由来はそのわけがわかってしまった。

「もしかしてキスだけで達《い》きそうになってます？」

「ば、かっ」

口ではそう言うが、彼は風由来にぎゅっと縋《すが》りついてくる。

「……きみのせいだ」

「そうですね。俺のせいです」

だから責任取りますね。そう告げて、身を屈《かが》めると、パジャマのズボンを下着ごと膝までずらした。

彼の中心はすでに赤く爆《は》ぜそうになっていて、先のところが濡《ぬ》れている。

「ああ、もうこんなになってます」

「い、言わな……っ」

わざと身体の状態を口にすると、さらに赤くなりながら潤んだ眸《ひとみ》で睨んでくる。

「口でしますか？」

「や、やだ……っ」

彼はぶんぶんと首を何度も振り立てる。それがあまりに必死な様子に見えたから、どうしてですかと理由を聞いたら、

「口でされたら、あっという間に出ちゃうから。僕が達ったら、きみはすぐに出かけてしまってこの部屋からいなくなる」

「松阪さん……」

なんでこのひとはこんなに可愛らしいのだろう。

「じゃあ手でします。そのあとも時間になるまではあなたの傍にいますから」

「だったら僕も、きみのをする」

伸ばしかけた手を止めて、風由来はいいと彼に言った。

「俺のはしなくていいですから」

「え、でも。……きみはもう治ったんだろ？」

それともまた……と心配そうな顔をするから、大丈夫と彼をなだめる。

「そっちは問題ないんです。だけど、今晩は松阪さんをさわらせてもらうだけで満足ですから」

これは痩《や》せ我慢というわけでもない。かつての自分は依存症かと思うほどセックスに溺《おぼ》れていた。なのに、いまはこのひとが感じるところを見ているだけで満ち足りる——と、それも本当のことだけれど、さらに正直に言うのなら、自分のものをいまこのひとに刺激されれば、手淫《しゅいん》だけでおさめられる自信がない。腰が抜けたと聞いていたし、明日の仕事に支障が出るのはまずいだろう。

「その代わり、松阪さんからキスしてください」

にこりと笑ってうながすと「その顔ずるい」とこぼしながら、それでも素直に風由来の胸におさまって唇を重ねてくる。

「ふ……ぅん……っ」

彼にキスをもらいながら、ゆっくりと軸を擦《こす》る。

抱き合って、キスをして、感じるところを擦るだけ。以前の自分なら初歩的すぎる行為でも、このひととならものすごく興奮する。

「ん……ふっ、く……んんっ」

愛しくてたまらないこのひととなら、なにもかもが特別になる。仕事先のスタジオや、舞台でライトを浴びるときより、はるかに強く恍惚《こうこつ》とした情感に襲われる。

彼とこうしていられる時間は、金では買えない格別のステージだ。この時間を得るためだったら、自分はきっとどんなものでも差し出すだろう。

「ふ、風由来く……っ、も、達く……っ」

快感に唇を震わせるこのひとが好きで好きでたまらない。だから少しだけ焦《じ》らして快楽を長引かせ、口づけを彼にねだる。

「ん……ん……っ、く、ふぅ……っ」

達きそうで達けなくてもどかしいのか、彼が手を風由来の背中に回してきて腰を揺する。無意識に爪を立てられ、引っ掻《か》き傷がいまだに残る肌が少し痛んだけれど、このひとならばそれすらも甘い痛みだ。

「好きです、松阪さん。すごく可愛い」

吐息とともに睦言《むつごと》を耳に注ぐと、彼はぶるっと身を震わせる。と、その直後、赤く熟《う》れた先端から甘い蜜が迸《ほとばし》った。

「あ、あ……っ……」

のけぞって愉悦に身を浸す彼の美しさ、艶《なま》めかしさ。

風由来はうっとりと目を細め、世界が自分にあたえてくれた愛しいものを抱き締めた。

Pray for you, Pray from here

「皆さん、お疲れさまでした。これは制作者一同から感謝をこめて。最後まで最高の演技を見せてくださって、ありがとうございました」

『アヴァロン』撮影最終日、スタッフからの謝辞とともに出演者に花束が贈られる。

「こちらこそありがとうございました」

この日は松阪《まつさか》もスタジオに顔を出した。自分の撮りはすでに終わっていたけれど、スタッフ側のたっての願いで、ふたたび『猫』の姿をしている。

礼を言って大きな花束を受け取って、にっこりしながら隣を見れば、おなじく花束をかかえている風由来《ふゆき》と視線がかち合った。

「風由来くんもお疲れさま」

「松阪さんも。ありがとうございました」

お互いに微笑《ほほえ》み交わして、もっとしゃべろうと思ったのに、ふたりの周りをスタッフや共演者が囲んでしまい、結局彼との会話はそれきりになってしまった。

「松阪さんがまた『猫』になってくれて、今日は本当に大感激です」

「あ、俺も。なんかしばらくは『猫』ロスみたいになっちゃって」

「そう言えば、あれおぼえてます？　ほら『巡査』の手を引いて走るシーン。あれはいまでも感動もので」

周囲の人々が興奮気味に、松阪が演じた役への感想や撮影時の想い出を語ってくる。

「ありがとう――そうなんだ――うんおぼえてる」

それらにせっせと相槌《あいづち》を打っていれば、まもなく脇にいたＡＤが両手でメガホンのかたちを作って声を張る。

「出演者の皆さまー。このあと打ちあげ会場に移動しますが、その前に監督からお話がありまーす」

それでいったんは会話がとまり、この場の全員が小池《こいけ》監督へと目を向ける。『アヴァロン』の総監督は、黒いメガネ越しに皆をぐるっと見回したあと、

「みんな、お疲れさん。よく頑張ってくれたな。お陰でこのドラマの評価は上々、最終回の放映を待たないで続編が決定したぞ」

監督の発表を耳にして、皆が口々に歓声をあげ、笑顔で肩を叩き合う。松阪も『猫』役では決してしない全開の笑みを見せつつ風由来のもとに歩み寄った。

「聞いた？　風由来くん、続編だって」

「はい、松阪さん」

「よかったね。僕、うれしいよ」

「俺もです」

ふたたびふたりが共演できる。このうれしさを誰より風由来と分かち合いたい。

にこにこしながらその想いで見つめていたら、彼もまた微笑みながら手を伸ばしてくる。

「一緒に撮影できるのが待ち遠しいです」

「うん……」

風由来の手を取り、ぎゅっと握って気持ちを伝える。

なかなか会えないきみだけど、これで少しでも長く一緒にいられるね。

「僕、本当に楽しみにしているよ」

「俺もおなじ気持ちです」

「続編っていつからだろうね？」

「さあ、それは。出演者のスケジュール調整もあるでしょうし、これからすぐではないでしょうが」

「そうだよね……」

しょんぼりと肩を落とし、それでもと気を取り直す。

「でもいいよ、決まっただけでも」

にこりと笑うと、風由来が握った手のひらに力をこめた。

「松阪さん……」

彼が言いかけたとき、互いのマネジャーがふたりの傍《そば》に近づいてきた。

「風由来くん、そろそろ時間が」

相変わらずタイトなスケジュールに追われる彼は、このあとも仕事が入っているようだ。

彼は自分のマネジャーに「わかりました」と言ったけれど、しかし手を離さない。

「あの、風由来くん……?」

ひと目を気にして、ちらっと周囲に視線を向けたら、風由来がちいさく吐息しながら手を外す。

「このあとの打ちあげですが、俺も途中から参加するつもりでいます」

「あ、じゃあ」

「はい。あとでまた」

あなたに会いに行きますと目で語られて、ぱっと松阪は笑顔になった。

「うん。会場で待ってるね」


打ちあげ会場は撮影所にほど近いイタリアンレストラン。今夜は店ごと貸し切っているそうだ。白大理石の床に黄色と青とを基調にしてしつらえられた内装は、お洒落《しゃれ》でかつイタリアらしい明るさもある。ビッフェ形式だが料理も美味《おい》しく、松阪が乾杯の挨拶を聞いたのち、オマール海老《えび》とホタテのサラダを食べていたら、誰かが隣から話しかけた。

「今晩は、松阪さん。その料理、イケてますか？」

「あ、うん」

この青年が誰なのかわからないが、このドラマの出演者なのかもしれない。スタッフとは思えないほど垢抜《あかぬ》けた印象だったし、おそらく自分と絡《から》みのなかった役者だろう。

「もう扮装《ふんそう》を解いたんですね。せっかくの『猫』、もっと見ていたかったです」

「そう？　ありがとう。でもあれは自分じゃメイクを落とせないし」

「そうか。大変なんですねえ」

「まあね、だけど僕よりも風由来くんのが大変かも。普段の制服はともかくも『巡査』の装甲服は結構重量があるわりに、動きはずいぶんハードだし」

その台詞《せりふ》をきっかけに、松阪の思考は風由来に移っていく。

いま彼はなにをしているのだろう？　会には途中から参加すると言っていたが、いつごろ来てくれるのか。

相手の話に機械的に相槌を打ちながら、松阪はなかなか会えない恋人に想いを馳《は》せる。

この前に会ったのは、遡《さかのぼ》ること一週間。スタジオの廊下の途中で、ちょっと話をしただけだ。

――いまから撮影？

――はい。松阪さんも収録ですか？

――僕はＣＭの撮りがあるんだ。

――そうなんですね――お疲れさま、頑張って――そう言い合って、手を振って、それでおしまい。

風由来がいま、売れに売れている俳優で、めちゃくちゃに忙しいのはわかっているが、それでも松阪は寂しくてならなかった。

もっと会いたい、たくさん会いたい。そう思うのは自分の我儘《わがまま》なのだろうか？

たぶんそうだと、松阪はみずからの問いにうなずく。

昇竜《しょうりゅう》のいきおいで伸びていき、多くの人々から愛される風由来のことをよろこばしく感じる気持ちも確かにあるのに、ほんのちょっぴり置いてきぼり感もおぼえてしまう。

本当に……恋は自分を馬鹿にする。

そんなことではいけないのに。彼はいままさに旬のときで、役者として一時代を築こうとしているのだ。たいして役には立たないけれど、せめて精いっぱい応援する気をなくしたくない。

「それでですね……あの、松阪さん？」

訝《いぶか》しく問いかけられて、ハッと松阪はわれに返った。

「あ、ああ。ごめんね」

あらためて視線を向ければ、この会場で最初の頃に話しかけてきた青年がいる。

そのあともいろんなひとが松阪に話しかけてきたようだったが、彼はずっと隣にいたのか？

「ええと、なんの話だっけ？」

困って首を傾ける。すると彼は怒りもせずに「あれ？」と言った。

「松阪さん、髪に銀色が残ってますよ」

「え、どこ？」

「ああ、そっちじゃなく」

松阪がここかと髪に手をやれば、彼が違うとつむじのあたりに触れてくる。その流れから彼の側《かたわら》に身を寄せる体勢になり――その直後に目を瞠《みは》った。

「風由来くん」

カットソーにブラックジーンズ、足元はごつい感じの編みあげブーツ。彼がそんないで立ちをしていると、より精悍《せいかん》に、男っぽく感じられる。

ものすごく格好いい。そして、この感想は皆もおなじだったらしく、風由来が会場に来たとたん、皆の視線が集中する。

有名どころの俳優たちが居並ぶ中で、彼は少しもひけを取らず、どころか周囲を圧倒するオーラを発しているようだ。

周りの人々がおしゃべりをやめ、静かな音楽が流れていく空間を彼は足早に歩いてくると、松阪の前で止まった。

「遅くなってすみません」

軽く頭を下げて言うと、こちらの髪をちらと見る。それからさりげなく肘《ひじ》のあたりに手を添えて「料理の皿が空ですよ。なにか取りに行きませんか？」とうながしてきた。

「あ、うん」

風由来が来てくれて、うれしくて笑みかけたあと、松阪は大事なことに気がついた。

「それはいいけど、風由来くん。ちゃんと監督に挨拶しないと」

「ああそうでした。すみません」

「真っ先に来てくれたのはうれしいけど、この業界はそういうのも大切なんだよ」

「はい、気をつけます」

素直に応じる風由来と一緒に監督のところに向かう。彼が遅刻の詫《わ》びを述べると、小池監督は鷹揚《おうよう》にそれを受け容《い》れ、ウイスキーのグラスを掲げた。

「いいさ、それよりがんがん飲もう。風由来くんとまっさかちゃんはこのドラマの立役者だし。次もぜひよろしく頼むよ」

そう言う監督の隣から、ヒロイン役の生方《うぶかた》が身を伸ばし、

「あら、小池監督、わたしのことは？」

「もちろん期待しているさ。生方くんもアクセル全開で演《や》ってもらうつもりだからな」

「はい！」

「おお、いい返事だ」

もっと飲め、どんどん飲めと、監督が勧めてくるから、松阪や生方はそのあと結構グラスを重ねた。

風由来も飲んでいるらしかったが、どうだったろう。彼はこちらのことはもちろん、監督や生方の料理や酒が途切れないようかなりこまかく気を配り、それでいて押しつけがましく感じさせない。

ふと気がつけば三人ともかなり酔っぱらっていて、生方などは「こら『巡査』、この料理を食べなさい」とフォークに刺したマッシュルームを振りかざしはじめている。

「あなたはわたしの部下でしょう。食べなさいったら、食べなさい」

風由来は困惑した顔だったが、断るのもと思ったのか結局「はい」と腰を屈《かが》めて彼女のフォークから料理を食べた。

「よおし、よし。じゃあ次ね！」

プチトマトを風由来が食べると、その次はローストビーフ。この頃にはふたりのやり取りを周囲の人々が眺めていて、面白そうにはやし立てる。

「いいぞ、おふたりさん」

「新婚みたい」

「やっぱりお似合い」

そんな声が聞こえてきて、松阪の胸はずきずきと痛みはじめた。

うん、そうだよね。美男美女でお似合いなのはほんとだものね。

そう思うとよけいへこむ。気づかれないようそっとふたりから離れていって、壁際の位置まで来れば、さっきの青年が歩み寄る。

「松阪さん、酒のお代わりはいりませんか？」

「あ……いや、いいよ」

「じゃあ水は？」

それもいらない気がしたが、再度断るのも失礼だろうとうなずいた。まもなく青年は水のグラスを手にして戻り、うれしそうに話しかける。

「さっき言いかけたことなんですけど、このドラマの映画化はいったん保留になってますよね。あれって、結局スポンサーとの折り合いがつくまではゴーサインが出せないみたいなんですよ。ほら、いまってどこも資金難だし。だけど俺たちが頑張って二期でもさらに人気が出れば、いずれはって思ってるんです」

ふうん……と松阪は曖昧にうなずいた。

風由来のほうは見ないようにしているけれど、気になってしかたがなくて、会話には集中できない。

せっかく風由来が打ちあげに来てくれたのに。拗《す》ねたみたいに——というか、実際拗ねていたのだが――離れていないで、元の場所に戻ろうか。たまにしか会えないんだし、こんなことで距離を置くのはもったいない。

思い直して、うつむいていた顔をあげ「僕、ちょっと」と青年に断ったとき。

「松阪さん」

いつの間にか風由来が目の前に立っていた。

「あっ、え?」

あわてて目をぱちぱちさせると、風由来がふっと苦笑する。

「そろそろ失礼しましょうか」

「え、でも」

「生方さんならさっき彼女のマネジャーが連れ帰ると挨拶に」

言われてさっきの場所を見やると、彼女の姿は消えていた。

「ずいぶん飲まれていたようですし。あと、監督には俺たちが帰ることを話してあります――まっさかちゃんによろしく。気をつけて帰れよ――との伝言でした」

では行きましょうかと彼が言う。反射で松阪はうなずいてから、横にいた青年に「それじゃあお先に」と断った。

店の出口に向かいかけ、しかしそれを風由来がとどめる。

「ああ、すみません。そっちじゃなく、裏口に。俺の車を回してもらっていますので」

「え。きみが僕を送ってくれるの？」

「はい」

「でも風由来くん。さっき飲んでいたんじゃないの？」

「いえ、ひと口も」

だから大丈夫です。そう言われれば、ふたりだけで帰れるよろこびが湧きあがる。

「僕を送ってすぐ戻る？」

「いいえ、朝までいられます」

「朝ってだいたい何時まで？」

ふたりでいられる時間がすごく楽しみで、だから子供が残ったお菓子を数えるみたいに聞いてみる。

「えと、すみません。午前四時までなんですが」

「あ、そう？」

思ったよりも短くて、けれども相手を困らせたくない。だから松阪はにっこり笑う。

「うん、いいよ。これから四時まで一緒だね」

ふたりきりで車に乗ると、ほっとしたのか酔いが回ってくるのを感じる。うとうとしなが

らマンションに着き、ほとんど抱きかかえられる格好で自分の部屋の戸口をくぐった。玄関の内側で靴を脱がされ、

「眠いでしょう。ベッドに行きます？」

「ううん……ソファに」

車で半分眠っていたから、少しは目が覚めてきた。それになにより風由来といるのに眠りこんでしまいたくない。

「わかりました」と彼が言うので、さきほどみたいに手を貸して連れていってくれるのかと思ったら、横抱きにかかえられたのには驚いた。

「ふ、風由来くん、重くない？」

「いいえ、少しも」

言葉どおりあぶなげなく歩いていくと、彼は松阪をソファのところにそっと下ろした。それから「水を」とキッチンに行こうとするから、とっさに彼の服を摑《つか》む。

「……っ？」

行かないでと視線で頼むと、風由来は表情をやわらげた。

「じゃあ、どうしましょう？」

「隣に座って」

言われたとおりに彼がするのを待ってから、広い肩に寄りかかる。

この部屋で風由来とふたり。すぐ隣には彼の気配。そう思うとあらためてうれしくなって、彼の肩に自分の頭を擦《こす》りつけた。

「ふふ」

「ま、松阪さん？」

彼は少し困ったふうにかすれた声を洩《も》らしたけれど、自分がしたことを格別に嫌がってはいないようだ。だからすりすりとさらに髪を擦りつける。

「あのねえ、風由来くん」

「っ、はい？」

「ぼくねえ、焼き餅を焼いちゃった。生方さんがきみに料理を食べさせたとき。馬鹿だよねえ、あれくらいのことなのに。きみを好きなひと達は世間にはいっぱいいて、これからもどんどん増える。そうなればいいのにって思ってるのに……ちょっと、僕は……」

少しだけ寂しくなった。それは言わずに、目を閉じてソファの背にもたれかかる。風由来はしばらく黙っていたあと、ごく低く声を落とした。

「嫉妬なら俺もしました」

「……え？」

「今晩、あの男があなたの頭にさわったときに」

「……あの男って……えっと、ああ……もしかして打ちあげで隣にいた？」

風由来はちいさくうなずいた。

「でもあれは髪に銀色が残っていたから」

「あなたの髪にはなにもついていませんよ。それはたんなる口実で、あいつは……」

言いさして、風由来は奥歯を噛《か》み締めた。それから大きく息を吸いこみ、

「……すみません。俺は少し……あなたのことでは気持ちが振りきれてしまうんです。あなたはみんなに愛されていて、たくさんの人間があなたに見てもらいたがったり、さわりたがったりするのって、めずらしいことじゃなくて。なのに俺は、その相手がファンだろうとなんだろうと、いちいち気にしてしまうんです」

馬鹿ですね、と風由来がかすかに苦笑する。

「こういうのにつける薬ってあるんでしょうか」

彼が自分に嫉妬していた。ファンだろうとなんだろうと気になると。

じわじわとこみあげる悦《よろこ》びは、たぶん我儘な気持ちからで……だけどうれしさが抑えられない。

「あの……薬があるのかないのかはわからない。でも、僕もおなじだから」

彼の目を見て、思ったままを口にする。

「男も女もいろんなひとがきみに惹《ひ》きつけられている。毎日きみのことを想って、恋焦がれているかもしれない。だけど……そのひとたちが誰ひとりいなくなっても、きみがどう変わ

っていっても、やっぱり僕はきみの傍にいたいと思うよ」

「松阪さん……」

風由来が絶句し、眸に強い光を宿す。

「きみがどんなに忙しくても、僕のここにはいつだってきみがいるから」

言って、自分の胸の上に手を置いた。

そう……寂しくないとは言わないけれど、それでも風由来が自分の中から消えることはあり得ない。だって、どんなときだって、彼はここにいてくれるから。

「そこに……俺がいるんですか？」

「うん」

かすれた声にうなずくと、風由来が頭を下げていき、胸に当てている手の甲に口づけた。

「松阪さん……あなたを抱きたい。あなたが欲しい」

いいですかとたずねられ、松阪は同意のしるしに身を屈め、彼の頭にキスをした。

「風由来くん……すごく、好き」

「松阪さん……っ」

力いっぱい抱き締められて、そのあとキスが降ってくる。求められる以上に自分も欲しいから、重なる唇をひらいて男の舌を誘った。

「ん……ふっ……ん、う……っ」

この世に誰もいなくていい。この彼だけがいればいい。自分が求めてやまない男がこうして自分を求めてくれればそれでいい。

「風由来くん……っ、いっぱいさわって、たくさんきみを感じさせて」

「松阪さん、俺は……っ」

しあわせ過ぎて怖いと彼は口走る。

あんなにもたくさんの人々から愛されていて、それでも彼は自分だけを求めている。だったら……それならば、もっと彼をしあわせな気持ちにさせたい。そして自分も一緒に幸福になっていきたい。

「ささやかで、だけど欲張りな望みだよね。でも僕は……」

ほんとにほんとに彼のことが好きだから。

「ねえ、風由来くん」

服を脱がされていきながら、思いついたことを言う。

「なんですか?」

「もうね、セックスをしなくてもいいくらい」

それくらいに満たされた気分でいるのだ。

「え。しなくてもって……ほんとにですか?」

だけど、そう洩らす彼があまりにも情けない顔になるから、つい松阪は吹き出した。

「ううん、嘘」

だからきみも脱いでよと彼をうながす。

「ふたりとも裸になって、きみにぎゅっと抱き締められたい」

「松阪さんは……ほんとにいつか俺を殺してしまいます」

べそを掻《か》きそうな彼の顔が新鮮で、可愛らしくて、もう松阪は胸のドキドキがとまらなくなる。

「僕もだよ。きみに会えるといつだって、僕は死にそうな気持ちになるんだ」

だからしっかり抱いていてとささやいた。

そうして望んだとおりにされて、たくさんのキスをされ、全部の衣類を脱がされて、ラグの上で彼と抱き合う。そのあいだにいじられていた胸の尖《とが》りが薄紅に彩られ、そこをチュッと吸われると、あえかな吐息が洩れてしまった。

「あ……ん、ん……っ」

どうして彼に触れられるとこんなにも気持ちがいいのか。感じて、感じて、とまらなくなってくるのか。

「風由来くん……好き……っ」

乳首を吸われ、性器を握られ、擦られると、快感が溢《あふ》れてしまう。風由来が好きな気持ちがこぼれてとめどなくなる。

「松阪さん……っ、松阪さんっ」

「あ……絢希《あやき》って……」

後ろを指でほぐされながら、夢中で彼にそう告げた。

「そう呼んで……っ」

自分は彼のものだから。もっと踏みこんだそれが欲しい。

「あ、絢希……？」

「うん」

「絢希さんっ……」

「うん」

眉を寄せ、彼が名前を呼びながら自分の中に入ってくる。息を弾ませ、せつない顔で、こちらとおなじく夢中になって。

「あ……あ、あ……っ」

ひさしぶりなのに、自身の肉体は彼をやわらかく受けとめる。

欲しくて、疼《うず》いて、たまらなかった自分の内部にしっかりと錨《いかり》を下ろされ、幾許《いくばく》かの苦しさとはうらはらに安堵《あんど》のため息がこぼれ出た。

「あ……ふ……っ」

彼の髪に手を入れて、そこをくしゃくしゃに搔き雑《ま》ぜながら息をつく。

繋《つな》がっているそこがどくどくと脈打っていて、速い鼓動がどちらのものともわからない。

「風由来く……動い、て……っ」

このままじっと繋がったままでいたくて。だけど、我儘な自分の心がもっと彼を欲しいと願う。

「たくさんして……僕の中をいっぱいにして……っ」

「っ、絢希さん」

感極まった声を洩らして、彼がゆっくり動きはじめる。抜けそうになるくらい引いたあと、根元まで挿しこんで。それから少し戻した場所でひどく感じるところばかり攻められれば、恥ずかしい喘《あえ》ぎ声が次々とこぼれ落ちる。

「あっ、あっ、あんん……っ」

彼を挟んだ内腿《うちもも》に力が入る。両足のつま先がきゅうっと内側に曲がりこむ。怖いくらいに感じて感じてどうしようもなくなって、ただもう必死に逞《たくま》しい肉体にしがみつく。

「やっ……もう……すご、あっ、ふ、ふゆ……っ」

もはやまとまった言葉にならない。快楽を感じるだけの人形みたいにびくびく震え、すすり啼《な》きながら愉悦に喘ぐ。

「んっ、ん、あ、ふぅっ、やぁ……っ」

激しい快感に弾《はじ》け飛んでしまいそうな感覚が怖くなり、無意識に風由来の手を探ったら、しっかり指を絡《から》ませて握られた。

そうして両手をラグの上に縫いとめられて、彼は腰を巧みにいやらしくうごめかせる。

「ひ、ぁ……っ、あっ、あ、んっ」

浮いた尻《しり》から腰を濡らす滴《しただ》りはいったいどちらのものなのか。

男の動きで、真っ赤になった軸の先から快感が溢れてこぼれ、さわられないままどんどん悦楽の頂上を目指していく。

「ふゆ……っ、い、いいっ……気持ち、い……っ」

「絢希さん……っ」

「い、達《い》っちゃ……い、いいっ？　も、達、ちゃ……あ、ああっ」

もう我慢できなかった。背が大きく反り返り、直後にぷしゅ、と軸の先端から快感が迸《ほとばし》る。

全身が痺《しび》れるくらいの激しい悦楽。激しい呼吸を繰り返しつつこの感覚が身体中に駆けめぐるのをおぼえていたら、風由来の身体がぶるっと震え、そのあと内奥に熱いものが広がった。

「あ、ん、んっ……」

その感触が下降していた快感を刺激し、力をなくした軸をぴくりと震わせる。

「まだ達けますか？」

「え、あ？　ふわ、あっ、ああ……っ」

彼がまたゆるやかに動きはじめ、するといったんは落ち着きかけた官能が頭をもたげる。

今度のはさっきより上昇線が緩いぶん、自分の肉襞《にくひだ》を擦っていく男のかたちや熱さがはっきりと感じ取れた。

「ひ、やっ、やっ……」

痛くはない。苦しくもない。ただただ無性に恥ずかしい。真っ赤になって足をじたばた動かせば、彼が少し困った顔で聞いてくる。

「嫌ですか?」

もうやめますかとたずねてくるから、赤い顔で首を振った。

「手、を」

「はい?」

「抱きつきたいから、片っぽだけでもそこを離して……っ」

言うと、彼がやさしい笑顔を頬《ほお》に浮かべた。そうしてラグに押しつけていた手を離し、自分の背に回させる。

「これでいいです?」

まだ駄目と首を振ったら、ふたたび彼が困った様子になっている。ひととき視線を宙に浮かせ、

「他にはなにを?」

「言わないとわからない?」

逆に聞いたら彼が一拍置いたあと「ああ」とにっこりつぶやいた。

「これですね？」

そのあと唇が額に軽く当てられる。右の頬にも。左にも。

「くち……んっ、ん」

口にはと文句を言いかけた唇が塞がれる。そうして今度はぴったりと抱き合ったまま彼がすごく感じるところを擦ってきた。

「あ、あっ……やあ、ん……っ、ん」

「気持ちいいです？」

「ん、んっ……そこ、すごく……あ、ああぅっ」

気持ちがよくて、繋がっているところが熱くて、そこから熔《と》けてしまいそうだ。

揺さぶられ、穿《うが》たれ、快感に喘ぎながら、弾む息の合間にはキスをして、抱き合って一緒に蕩《とろ》ける。深い深い官能の淵《ふち》に沈んで、ふたりの境目がなくなるまでともに溺《おぼ》れる。

好き。大好き。一緒にいられて、この感覚を分け合えてすごくうれしい。そんな気持ちを胸の中に灯《とも》しながら——。


なにかが動く気配がして、頬をそっと撫《な》でられる。その感触がひとときの眠りから松阪を引き戻した。半分目蓋《まぶた》をひらいてみれば、立ちあがろうとする風由来の背中。

「……もう行くの？」

「いいえ、まだ大丈夫です」

起こしてしまったんですねと彼が目を細めてこちらを見やる。そうして乱れた松阪の前髪を手で梳《す》いた。

「あのね。さっき夢の中で考えていた」

やさしい手つきにうっとりしながらつぶやくと、彼がわずかに首を傾げた。

「なにをです？」

「僕はねえ、きみに会えてよかったなって」

「…………」

「ほんとだよ。僕は……」

最後まで言う暇もなく、背中に手を差し入れられて、半身を起こす格好で抱き締められる。

頭ごとすっぽりとかかえられ、彼の身体の隙間から聞こえてきたのは低いつぶやき。

「……感謝します」

なになのか、誰になのかわからない。けれどもそれは、彼の祈りのように聞こえた。

「うん。風由来くん……」

だから自分もどこかにいる何者かに祈りを捧げる。

自分の気持ちの限りをこめて。

――ふたりが出会えたこの奇跡に感謝します――と。

そうしてふたり、しっかりいだき合っていたあと。松阪はもぞもぞと動きはじめ、彼の顔を下から見あげた。

「風由来くん」

「はい」

「ところで、きみはまったく腹が空《す》いてない？　今夜の打ちあげではほとんど食べていないよね。なにか作ってくれるなら、僕も一緒に食べてもいいよ」

「あ……ええと、はい」

つかの間きょとんとしたあとで、風由来はおだやかな表情になる。

「じゃあシーツを持ってきますから、ここでくるまって待っててください」

「うん。ついでに……」

「マティーニですね」

松阪はこっくりとうなずいて、たいへんよくできた恋人がシーツを取りに寝室に向かうのを見送った。

このうえないほどの幸福感に満たされながら。

「風由来くんありがとう。待ってるから、早くね」

あとがき

こんにちは。はじめまして。今城けいです。

このたびは拙作をお手に取ってくださり、ありがとうございました。

少しばかり愛の重たい尽くし攻めは今城の好物です。そのためあってか、彼にはさまざまな要素を盛りこんでしまいました。ネタバレになるのでここには書けませんが、初めて◯◯の攻めを描かせていただき、これはこれで大変おいしいものだなと実感しました。

担当様には「ちょっと変態っぽい」と言われた風由来くん。たぶん彼視点のSSで、そのあたりが全開になっているのかもしれません。

そんな風由来くんも、彼のお相手の松坂さんも、私のなかでは本当に生きていて、いまも彼らが脳内であれこれしている最中です。そういう彼らに知り合えてよかったなと、私自身もしみじみうれしく感じているところです。

今回、華やかな芸能界が舞台ですが、俳優業もつまりは仕事。自分の心身を使って観客を惹きつけるのを命題とする彼らは、才能ありきのアーティストかもしれませんが、その裏には結構地道な努力の積み重ねが必要かもなあと。このあたりはどの業種でもきっとおなじなのでしょうね。

このたびは芸能界ものをぜひやりたいとお願いし、それをこころよく承諾してくださった担当さま。いつも本当にありがとうございます。的確なアドバイスもいただき、担当さまの存在あればこそ、こうして無事に今作を書きあげることができました。ご助力には誠心より感謝いたしております。ありがとうございました。

そして、拙作を素敵なイラストで飾ってくださったカワイチハルさま。カワイさまが今回のご担当と知ったときから、すごく楽しみにしていました。美しい画像の数々、ありがとうございました。

最後に、ここまでお読みくださった皆さまに心よりお礼申しあげます。拙い作品ながら、自分としては文章、内容、キャラクター造形と、楽しみつつ苦心して仕上げました。読者さまがこの作中でほんの少しでもなにかを感じていただける部分があればと願っています。

また、拙作へのご感想もお待ちしておりますので、メールでも、お手紙でも、伝書バトにつけた文でも、送ってくだされればありがたく存じます。

それではまた。ありがとうございました。

✦初出　イケメンNo.1俳優の溺愛ねこ　…………書き下ろし
エクストラステージ……………………………書き下ろし
Pray for you, Pray from here…………書き下ろし

今城けい先生、カワイチハル先生へのお便り、本作品に関するご意見、ご感想などは
〒151-0051 東京都渋谷区千駄ヶ谷 4-9-7
幻冬舎コミックス　ルチル文庫「イケメン No.1 俳優の溺愛ねこ」係まで。

幻冬舎ルチル文庫

イケメン No.1 俳優の溺愛ねこ

2016年7月20日　第1刷発行

✦著者　今城けい　いまじょう けい

✦発行人　石原正康

✦発行元　株式会社 幻冬舎コミックス
〒151-0051 東京都渋谷区千駄ヶ谷 4-9-7
電話 03(5411)6431［編集］

✦発売元　株式会社 幻冬舎
〒151-0051 東京都渋谷区千駄ヶ谷 4-9-7
電話 03(5411)6222［営業］
振替 00120-8-767643

✦印刷・製本所　中央精版印刷株式会社

ISBN978-4-344-83769-0　C0193　Printed in Japan